Sen Ma
創作卷12

一個風土人情迴異於東方的國度

融匯了西班牙與印地安文化的雙重神秘

節日中的印地安舞者

耶穌受難節中基督被釘上了十字架

耶穌受難節中扛十字架的基督

崇信天主的墨西哥人

死人節中陳列的糖骷髏人

尤卡坦瑪雅人的小茅屋

墨西哥的民歌手

在公園中演奏印地安音樂的墨西哥人

尤卡坦的瑪雅金字塔

作者勇敢地穿短褲在瑪雅古廟前留影

賣魚的墨西哥女童

墨西哥民間樂隊

古廟上的羽蛇頭部

契欽伊薩 Chichen Itza　　墨西哥市 Mexico　　阿爾班丘地 Monto Alban

天使港 Puerto Angel　　隱藏的海港 Puerto Escondido

烏市馬勒 Uxmal　　維哈克魯斯 Veracruz　　尤卡坦 Yucatan

本書提及地名圖

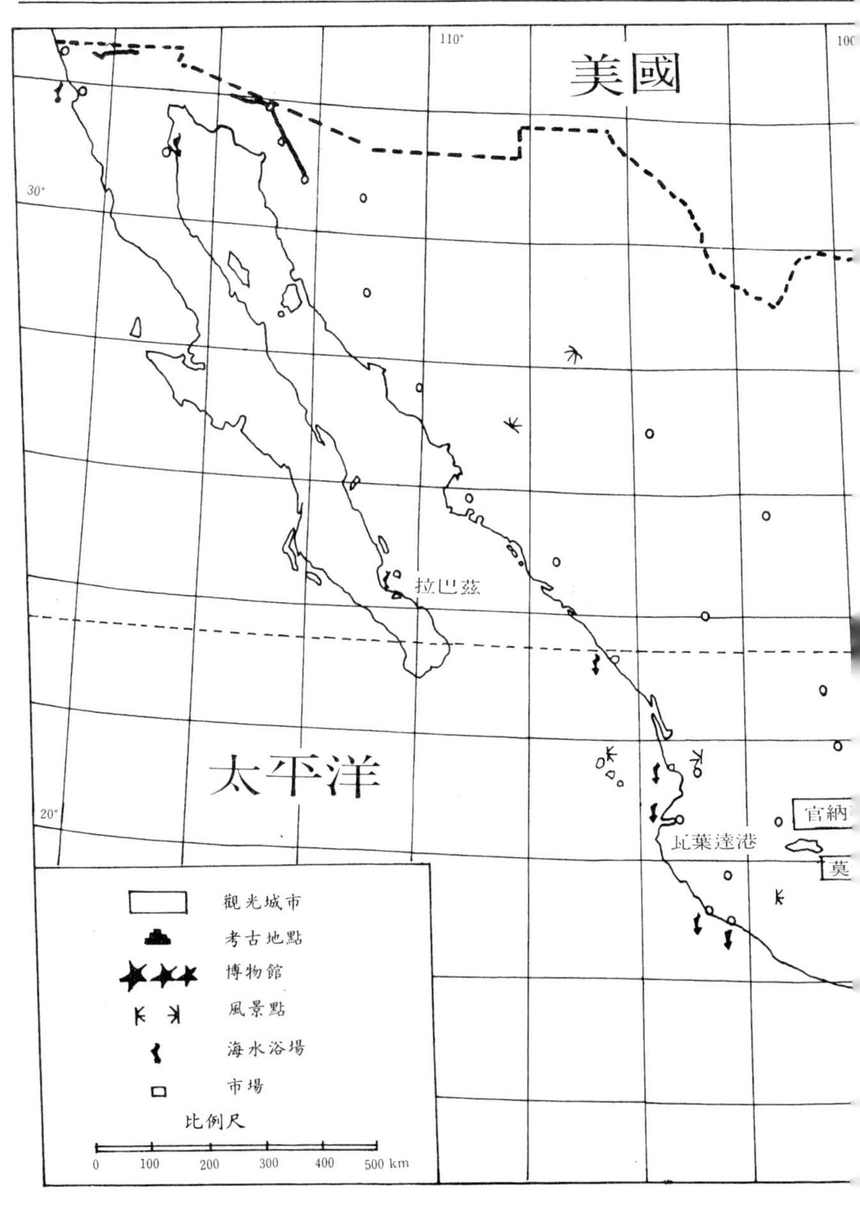

阿哥布爾古 Acapulco　康百契 Campeche　契牙巴斯 Chiapas

莫雷列 Morelia　窪哈卡 Oaxaca　巴朗克 Palenque　布伊布拉 Puebla

塔巴斯可 Tabasco　特奧梯花坎 Teotihuacan　土拉 Tula

阿茲戴克代表日子的二十個表意字

秀威版總序

我的已經出版的作品，本來分散在多家出版公司，如今收在一起以文集的名義由秀威資訊科技有限公司出版，對我來說也算是一件有意義的大事，不但書型、開本不一的版本可以因此而統一，今後有些新作也可交給同一家出版公司處理。

稱文集而非全集，因為我仍在人間，還有繼續寫作與出版的可能，全集應該是蓋棺以後的事，就不是需要我自己來操心的了。

從十幾歲開始寫作，十六、七歲開始在報章發表作品，二十多歲出版作品，到今天成書的也有四、五十本之多。其中有創作，有學術著作，還有編輯和翻譯的作品，可能會發生分類的麻煩，但若大致劃分成創作、學術與編譯三類也足以概括了。創作類中有小說（長篇與短篇）、劇作（獨幕劇與多幕劇）和散文、隨筆的不同；學術中又可分為學院論文、文學史、戲劇史、與一般評論（文化、社會、文學、戲劇和電影評論）。編譯中有少量的翻譯作品，也有少量的編著作品，在版權沒有問題的情形下也可考慮收入。

有些作品曾經多家出版社出版過，例如《巴黎的故事》就有香港大學出版社、四季出版社、爾雅出版社、文化生活新知出版社、印刻出版社等不同版本，《孤絕》有聯經出版社（兩種版本）、北京人民文學出版社、麥田出版社等版本，《夜遊》則有爾雅出版社、文化生活新知出版社、九歌出版社（兩種版本）等不同版本，其他作品多數如此，其中可能有所差異，藉此機會可以出版一個較完整的版本，而且又可重新校訂，使錯誤減到最少。

創作，我總以為是自由心靈的呈現，代表了作者情感、思維與人生經驗的總和，既不應依附於任何宗教、政治理念，也不必企圖教訓或牽引讀者的路向。至於作品的高下，則端賴作者的藝術修養與造詣。作者所呈現的藝術與思維，讀者可以自由涉獵、欣賞，或拒絕涉獵、欣賞，就如人間的友情，全看兩造是否有緣。作者與讀者的關係就是一種交誼的關係，雙方的觀點是否相同並不重要，重要的是一方對另一方的書寫能否產生同情與好感。所以寫與讀，完全是一種自由的結合，代表了人間行為最自由自主的一面。

學術著作方面，多半是學院內的工作。我一生從做學生到做老師，從未離開過學院，因此不能不盡心於研究工作。其實學術著作也需要靈感與突破，才會產生有價值的創見。在我的論著中有幾項可能是屬於創見的：一是我拈出「老人文化」做為探討中國文化深層結構的基本原型。二是我提出的中國文學及戲劇的「兩度西潮論」，在海峽兩岸都引起不少迴響。三是對五四以來國人所醉心與推崇的寫實主義，在實際的創作中卻常因對寫實主義的理論與方法認識不足，或由於受了主觀的因素，諸如傳統「文以載道」的遺存、濟世救國的熱衷、個人的政治參與等等的干擾，以致寫出遠離真實生活的作品，我稱其謂「擬寫實主義」，且認為是研究五四以後海峽兩岸新小說與現代戲劇的不容忽視的現象。此一觀點也為海峽兩岸的學者所呼應。四是舉出釐析中西戲劇區別的三項重要的標誌：演員劇場與作家劇場，劇詩與詩劇以及道德人與情緒人的分別。五是我提出的「腳色式的人物」，主導了我自己的戲劇創作。

與純創作相異的是，學術論著總企圖對後來的學者有所啟發與導引，也就是在學術的領域內盡量貢獻出一磚一瓦，做為後來者繼續累積的基礎。這是與創作大不相同之處。這個文集既然包括二者在內，所以我不得不加以釐清。

其實文集的每本書中，都已有各自的序言，有時還不止一篇，對各該作品的內容及背景已有所闡釋，此處我勿庸詞費，僅簡略序之如上。

馬森序於維城，二〇一〇年七月二十三日

三面馬森
——文學批評、戲劇小說與散文

瘂弦

我想很多人和我一樣，讀完《墨西哥憶往》的第一個感覺是：好看！這除了指內容的精采、風趣與人物描摩的生動外，也是指它和馬森其他作品——特別是小說與戲劇——比較起來，的確容易讀多了。而且也覺得，那位老走在山巔水湄的沈思者，或是不斷挖掘人類心靈的解剖者……，突然之間，走到你我身旁，親切而家常的談起他在墨西哥的所見所聞來了，教人眞是快樂：原來，以前認識的朋友並沒看得清楚，現在又多一番了解，還是從生活中大小諸事與喜怒哀樂裏慢慢體會出來的，這種感覺是很美妙的。

但是好看的書並不表示這本書就只是好看而已。雖然馬森說它「不大像遊記，也不像報導文學，比較接近回憶錄」，只是他在墨西哥生活中所發生的眞人實事的紀錄；不過由於馬森的背景迂迴曲折（他的學習過程中，包含了文學、戲劇、電影、漢學、社會學的浸潤，而他的旅居經驗更是由大陸、臺灣而法國、墨西哥、加拿大、英國等，豐富多變），使這本「有些回憶錄的味道」的散文集，還是別具特色——特別是人物的素描工夫，簡筆勾勒，神形鮮活，的確可見馬森厚實的小說、戲劇底子。

馬森從年輕時代就很喜歡戲劇，不但寫劇本，也參加劇社、演員訓練班，甚至考入電影公司，實際參與舞臺演出，並且遠赴巴黎學電影、拍電影，後來雖然逐漸走向學術研究的道路上，但他對戲劇、文學始終一往情深，寫了許多的作品。因此，馬森相當擅長從戲劇家的眼光來看這個人間世，即使在最平淡、普通的事件中，他都能觀察出微妙、戲劇化的一面；而這種犀利的看法卻又不妨礙他對小人物或者生活中小小的悲喜賦予廣博的同情，從而肯定人類生命的尊嚴。就〈我的房東〉一文來說，以房東馬提乃茲先生四間半房之小，居然住了十個大人，誰都知道是爲什麼；但馬森時而詼諧地說：「原來墨西哥人像我們中國人一樣，喜歡集體生活……」時而寬宥地說：「雖然我發現馬家人的情緒常常受着錢財的左右，使我無法對他們十分敬重。但是想一想世界上有幾個人不是見錢眼開的？因此又不得不對他們體諒起來。」通篇平實、溫和，偶爾帶點嘲諷（如：「開始也只是個房客，住久了建立了感情，就成了侄兒了。你看，墨西哥人的人情味兒並不下於我們中國人吧？」）的語氣，使得馬提乃茲這一家子有些像是喜劇角色，本來是討人厭的，但不知不覺又會順着作者的筆意自我檢討：我們憑什麼討厭他們呢？不都是爲生活所逼、性格上充滿缺陷的小人物嗎？何況，有些小事情、小動作，換個角度來想，也挺逗趣的。於是乎便見怪不怪的「接受」了馬提乃茲這個喜劇家庭。像〈我的房東〉的這種筆法，全書處處可見，應該可以說是《墨西哥憶往》的基本主調了。

其次是馬森的文字，描寫的功力很强，樸樸素素的寫，就能準確的交代出人物與場景；同時他的筆法似乎是旨在記事不在行文（指文字的華麗、雕琢），却又能在不經意的行文裏自然展現筆下的情趣與才華。在〈幾個法國的探險者〉一文，提到一對愛航海的夫妻，在一次横渡大西洋的機帆船旅行途中，先生跳進海裏洗澡，太太却把船開走了，幾個小時後才發現少一個人，急忙開回去，找了一天才撈到先生。馬森接着簡潔的刻畫這對夫妻事後的敍述：「『那是大海裏撈針呀！』她說。『够刺激！』他說。『够運氣！』她說。」短短三句話，把這對冒險家夫婦的精神面貌全部展露出來，的確精采。

馬森的文學生活很早就開始了，大概在五十年代左右，是受過現代主義思潮洗禮的，自然現代主義中晦澀與特殊的語法、章法，也常在他的獨幕劇或小說中出現；但在《墨西哥憶往》裏，他擺脫了所有的技巧、思潮或主義的影響，而採用平舖直敍的方式，向讀者娓娓道來。我甚至覺得，馬森寫小說——特別是寫戲劇的時候，好像是寫給批評家看的，他盡量創造新型式和新感覺，有藝術拔尖的企圖；《墨西哥憶往》則不然，彷彿只是從遠方回來的朋友，正在向諸親好友說故事一般，親切自然，呈現出馬森人間性的一面。

從而，我們可以清晰的看見馬森的三種面貌：在他多年來講究邏輯分析、論證嚴謹的論文裏，他是個冷肅的學者；在他勇於實驗、創新的小說與戲劇中，他是個塑造風格的藝術家；而在這本《墨西哥憶往》，我們看到的是個生活者。不過對馬森來說，這三種不同的面貌其實差異不大，只是用三支不同的筆，以不同的型式向各種層次的讀者表達他的思想與關懷：對生命的探索、對自由的追求、對社會的感情、對制度的質詢、對不平與弱小的同情……。其中尤其是人道主義的襟懷常在不經意中流露出來，像他談他的幾位女佣，總是不斷地「天人交戰」，檢討社會中的階級差異：「使我想到屬於優越家庭和階級的人，眞不知占了多少便宜，小指頭也不用翹一翹，自有人來奉承你！既得利益的階級在處處占了優勢的情形下，如再黑了心腸欺人而肥己，那才眞是豬狗不如了！……既得利益階級其實不必要做出多麼熱愛的嘴臉，只要公平就夠了。就爲了貧苦大衆對你的寵遇，你也該投桃報李地待之以公平之道。」而在他不得已辭退了佣人後，他更有懇摯的感慨：「不管如何自我舒解，這件事在我心中總留下一個陰影，使我覺得自己很是渺小，既沒有佛祖般普渡衆生的宏願，也沒有耶穌式推己及人的眞誠，使我在人前再也不敢說任何大話，只可謙謙卑卑地做一個普通人！」類似這樣的道德感，加上他好奇、冒險的精神，再印證他充滿了意見、實驗性濃厚的戲劇小說，在在可以看出馬森的「青年性」、有朝氣，生命力夠蓬勃。因而，我始終覺得馬森是個青年作家，他經常在鬧

「革命」、不停地自我掙扎、調整。也因此，我相信他文學世界的遼闊，足够讓他的「海鷗」作永不疲憊的飛翔。

《墨西哥憶往》在聯副刊登期間，我一直是第一個讀者，雖然我和馬森之間編者作者的文字因緣開始得很早，也因爲相同的時代背景、經驗，與對戲劇的熱愛，訂交已久，對馬森算是相當熟識了；但是作爲他這次散文寫作的新嘗試的「催稿人」，於公於私仍不免心中喜悅，自覺兩全其美。如今再度細讀全書，除了喜悅，另外一個念頭相信也是熟識馬森的讀者同樣的期待：下一次，馬森又會給我們什麼樣嶄新的衝擊呢？

古墳的記憶
——代序

瘂弦

公元十世紀的時候，北美大陸的印地安蠻族在酋長「雲蛇」的率領下南下墨西哥，與當地比較文明的印地安人混合，日漸開化。因爲「雲蛇」具有勇悍的氣魄，死後爲部族奉爲獵神。

「雲蛇」的兒子，全名叫「蘆葦・世子・珍貴的羽蛇」，繼承了酋長的地位。世子蘆葦有一顆和平慈愛的心。他珍愛人民，決計要革除蠻族傳統中相沿成習的「生人祭」。於是用蝴蝶、鵪鶉和他自己的血呈獻在神前，來代替一顆尚在跳動着的血淋淋的生人心。不想他的這番美意竟激怒了代表年輕戰士的大法師「煙鏡」。後者認爲「生人祭」是祖先的傳統，而且沒有生人祭，宗教儀式就失去了應有的內涵，長此以往戰士們會失去戰鬥的力量。

因此在世子蘆葦和大法師煙鏡之間展開了一場你死我活的權力鬪爭。大法師握有兵權，又有巫術，世子蘆葦雖然受到人民的愛戴，也不能不敗下陣來。

失敗後的世子蘆葦黯然神傷地離開了他的領國，向東而去。據說，臨行時由他雙頰流下的漣漣的眼淚滴穿了地上的石塊。行到墨西哥灣的時候，世子蘆葦投身在一堆燃燒的柴木上，自焚而死。他的骨灰跟隨着燃燒的火星飛上天空，變作了一顆黎明時分的晨星，永遠在日出前慘白的天空中閃爍着。早起的印地安人都會看到世子蘆葦向他溫柔地垂視。

這是墨西哥的一個古代傳說：哀婉，動人！

一想到墨西哥，就聯想到夕陽和一種陶製的樂器所發出來的悽楚的聲音。這件樂器像一隻小小的陶罐，上面有好多個窟窿，類似我國古樂器中的「塤」。這件樂器在墨西哥是一件既可獨奏，又可合奏的重要樂器。獨奏的古塤，尤其令人神往。其聲破裂、殘缺、時斷時續，單調却悠遠。正因爲具有這些特點，使它的聲音達到一種持續而飽滿的樂聲所難以傳達的悽涼的悲調，彷彿也可自成一種完美之境，即所謂的「殘缺」的美感吧！

墨西哥的古塤所奏出來的聲音，對我而言，正象徵了日漸消弭的印地安文化。如果從斯賓格勒的視角來看人類的文化，每一種文化都像人的生命一樣，具有誕生、發展、鼎盛、衰微與滅亡的幾個階段。其中不幸的，也如短命的人一般，得不到十分發展的機會就夭折了。墨西哥的印地安文化就是一個具體的夭亡的實例。

據說美洲的印地安人本來自亞洲。在紀元前五萬年到九千年這一段漫長的歲月中，在亞美大陸尚未完全分離之時，有一批亞洲人從西伯利亞徒步遷徙到今日的阿拉斯加，然後又逐步南下。今日的愛斯基摩人是滯留在最北方的一部分。墨西哥的博物館裏所保存的古印地安人繪製的一連串脚跡圖案，很可能記述的就是這種艱辛的長途跋涉的歷程。

印地安人是蒙古人種的近支，不論從臉形、體形和膚色上看，都足以使人相信。印地安人的文化和古代的亞洲文化有某種程度的聲氣相通，也似乎愈來愈有可資驗覈的證據。因爲美洲的幅員遼闊，交通不易，古代的印地安文化早已分支，各自發展。其中有大同，但更多紛紜的小異。除了最著名的秘魯一帶的印加（Inca）文化和中美洲的瑪雅（Maya）文化外，還有許多自成系統的文化，部落和語言也衆多而分歧。有的具有錯綜複雜的交互影響，有的則相當孤立，研究起來非常勞神。且由於欠缺可信的資料，很不容易理出一個清晳的眉目。

就墨西哥本土的歷史言之，在十四世紀以前，最具影響力的有三支文化：一是前言的瑪雅文化，在墨西哥的東南部。另一支是更爲古老的奧爾麥克（Olmeque）文化，在濱臨墨西哥海灣一帶。第三支就是今日墨西哥京城附近的特奧梯花坎（Teotihuacan）人的文化。

奧爾麥克人留下了很多石彫和陶塑的人像，特別是一種「嬰兒面」的彫像和陶塑最多。特奧梯花坎人則留下了兩座神奇的金字塔：一座代表太陽，一座代表月亮。這兩個部族據說後來都自動地放棄了所建的城邦神秘地消失不見了。是因爲外族的入侵？天災？還是因爲社會結構解體？沒有人可以回答，成爲今日墨西哥古代史之謎。

至於瑪雅文化，不但時間長久（直到十六世紀西班牙人征服了墨西哥），而且地域廣濶：包括今日墨西哥的尤卡坦（Yucatan）、契牙巴斯（Chiapas）、塔巴斯可（Tabasco）和康百契（Campeche），以及瓜地馬拉全國和宏都拉斯、薩爾瓦多兩國的一部分。淹沒在巴朗克（Palenque）森林裏的古殿遺址、烏市馬勒（Uxmal）的金字塔、契欽伊薩（Chichen Itza）的觀象臺，都足以表明瑪雅人的建築、彫塑、繪畫以及天文學的成就。複雜的曆法和相當先進的算學，也頗爲令人咋舌。最驚人的是一系列記載周期（二十年一周期）和重大事蹟的石碑，從公元三世紀綿延到十世紀，未嘗中斷。可惜上面的象形文字今日已無人能够辨識。主要的原因是當日高級知識只掌握在一小撮巫師的手裏，一般的瑪雅人原本就都是文盲，在十六世紀西班牙人入侵的時代，這些古文字已早成爲啞謎，以後就完全斷絕了考證的線索。恐怕這也正是印地安人文化的致命弱點，宜乎易於爲人所乘了。

像古代中國一樣，墨西哥在古代也時時遭受着北方蠻族的威脅。所謂北方的蠻族，也就是游牧在今日美、加兩國一帶的古代印地安人。北方的印地安人文化低，但是好戰成性，武力過人，在九世紀以後就時時南侵。其中最重要的兩個部落，一個是在土拉（Tula）建國的陶爾臺克（Tolteque），另一個就是左右墨西哥中古史的阿茲戴克（Azteque）。印地安語叫這些北方入侵的蠻族爲契契麥克（Chichimeques），意卽「紅頭」。正是這兩支入侵的北方蠻族決定了以後墨西哥印地安人的命運，與滿族朝廷影響了近代中國人的命運有些相似。

首先南下的陶爾臺克人從當地比較文明的奴撓爾卡（Nonoalca）人那裏學到了工藝技術，遂發展成一個相當開化的部落。他們的酋長就是傳說中的「雲蛇」。後來的阿茲戴克人，於公元一三四五年才開始安頓在墨西哥湖畔。墨西哥湖卽今日的墨西哥京城，原來的湖水因逐漸塡湖築城而日益消逝，今日只有在墨西哥城東南郊索契米爾可（Xochimilco）一帶尙留有湖泊的遺迹。一四二七年，阿茲戴克人擊敗了鄰族臺潘乃克（Tepanneque），其首領伊茲考特勒（Itzcoatl）被選爲皇帝，始建立了阿茲戴克帝國，國勢强盛，文化昌明。他們文化的特徵是：以玉米爲主食、有書寫在纖維紙和鹿皮上的象形文字、二百六十個祭祀日和三百六十五個太陽日所結合的曆法、相當發達的天文知識、宗教儀式的球戲、生人祭、自殘式的贖罪等等。

傳說中那位名叫「蘆葦」的世子因反對殘酷的生人祭，跟大法師展開了一場激烈的權力鬭爭，失敗被逐之時，發誓還要回來，遂留給治下的印地安人無限的期待之情。後來阿茲戴克人以强勁的少數征服了其他的多數部落，建立了阿茲戴克帝國，一般國人對「蘆葦」世子的傳說印象猶深。可能因爲「蘆葦」代表了慈善安詳的一面，爲後世阿茲戴克的國人奉爲工藝之神。到了一五二一年，西班牙的探險家考爾臺茲（F. Cortez）率領極少數的步卒輕取了阿茲戴克王國，據說從國王到士卒都誤以爲考爾臺茲就是傳說中要回歸的神。西班牙人所騎的馬，是印地安人從未見過的，就誤以爲是神獸了。

巧的是「蘆葦」一詞本是印地安日曆中一種年的代號。名叫「蘆葦」的神，生在蘆葦年，在蘆葦年被逐，宣稱還要在蘆葦年回來。考爾臺茲登陸墨西哥的那一年，恰恰就是蘆葦年。這種歷史的巧合，使西班牙人不戰而輕取了阿茲戴克王國，終於改變了中美洲的面貌。

這樣的傳說帶有十分悽美的意味，不禁使人爲今日墨西哥印地安人的命運懷抱着濃郁的惋惜之情。然而歷史豈是這種偶然的巧合可以完全決定的！即使沒有蘆葦世子的傳說，墨西哥的印地安人就抗得住西班牙人的入侵嗎？唯一不同的可能是多拋一些屍體在西方移民者慘烈的炮火之下而已。較之英法兩國在北美與當地印地安人的激烈戰鬪，西班牙人在墨西哥等於是不戰而屈人之兵，據人之國。英法的移民者幾乎把美加的印地安人滅了種，西班牙人却與墨西哥的印地安人混同起來，使今日的墨西哥人成為印西的混血種。除了邊遠地區仍有純種的印地安人以外，所有墨西哥大城的居民都是 Mestizos 了！

如今墨西哥人的語言是西班牙語，宗教是天主教，連姓氏也都改換成西班牙式的。印地安人本土的文化還保留了多少呢？可說很少很少。雖然很少，但並非全無。你常常會在墨西哥人的音樂裏、繪畫裏、文學裏，甚至於言行舉止裏，感覺到那麼一點與西方人不盡相同的地方，這就足以引發起人們那種夕陽殘照的感覺。似乎古印地安人的鬼魂猶自徘徊躑躅，拒絕完全消弭在歷史的陳迹中。

今日來諦視墨西哥人的亡國恨，似乎所亡的並非國，也很難說是族，而是文化！古代的印地安文化是與外界隔絕的。在長久的隔絕中，一種文化便難以滋生內在的激素使本身自行更替、轉變和成長。單說「生人祭」這一項，自省式的改革終敵不過傳統的「惰性」，注定了失敗的命運，直到西方文化入侵以後，才因外來的刺激而改變。西方的文化所以獲得急速的轉化與發展，與列國的競爭和彼此刺激應該有相當的關係，因爲只有在比較下才有擇優的機會。證諸我國的戰國時代，也因彼此的徵逐而文化昌盛一時。但到了漢代以後，成了大一統的帝國，與外界隔絕起來，文化的發展便呈現出停滯的現象。一旦與强勁的外來文化接觸，遂顯出其脆弱和無能適應的種種缺點。相對地，時常接受外來刺激的文化，像日本，反倒易於變革而自新。墨西哥的古代印地安文化較之中國的文化更爲隔絕，所以也更爲脆弱。在强有力的西方文化壓境之下，不旋踵就破滅夭亡了。

然而，今日東方人——包括中國和日本——的日漸西化，是不是也等於漸漸遠離了自身的固有文化呢？在自願的日漸混同（像日本）和外力的强行摧折（像墨西哥的印地安人）之間，有沒有本質上的區別呢？我想應該有。日本人不管多麼西化，他總是把人家的東西據爲己有，而保持了自己的尊榮。墨西哥的印地安人却是在外力的征服下遺失了自己！一個具有選擇的自由與自主；另一個則是無所選擇的屈服！

墨西哥人看來是一個快活的民族，他們喜歡喧鬧的音樂、喜愛跳舞、唱歌、喜歡鮮艷的顏色。但是往深一層看，他們似乎又並不眞正快活。他們可以在教堂前因自瀆的長途跪行而磨破了膝蓋，他們可以在耶穌復活的日子甘願遭受鞭笞，或甚至於釘上十字架。他們在死人節玩弄死人的頭顱，或用糖做來呑下肚去。他們酗起酒來，不顧妻子，也不管自己的死活！他們似乎並不眞正喜愛西方的文化，但却又不幸失去了自己的一份，隱隱中好像總眷懷着一些不可復得的什麼。

墨西哥的古塤所奏出來的斷裂的悲調，不就是一種爲印地安文化悼亡的輓歌嗎？

目錄

我的房東

從法國應聘赴墨西哥執教的這件事，除了安妮和我以外，幾乎全家反對。他們以爲墨西哥是個很遙遠的國家，從西歐看過去還帶着十分落後和八分不曾開化的色彩，在那裏無親無故，再加上我的西班牙文很不靈光，雖說惡補了數星期，離能說會道還有一段遙遠的距離，只憑一紙聘書就揚帆啓程，未免險！險！險！

安妮的長處（也可以說是短處）就是顧前不顧後，我呢，多少具有些冒險家的性格，以上家人所提出來的顧慮，到了我們心中就成了一種叫人心跳氣喘的誘惑。想想看，到一個遙遠的語言不通的蠻荒地帶去涉險，是件多麼誘人的事呢！

但所有的家人中，最擔心的還是我的母親。她剛剛從中國大陸費了九牛二虎之力到了法國，一下飛機就吐了幾口鮮血，我決定應聘赴墨西哥的時候，她還住在療養院裏。她已經養成了一種得過且過的苟且心理，對人與人間的關係也全沒有信心，因此她以為我放棄了巴黎安定的工作跑到一個舉目無親的遙遠的地方，實在是件匪夷所思的事。她一再重複那句話：「哎呀呀！這可要鷄飛蛋打了呀！」

我很同情我的母親，她受了幾十年社會主義的磨鍊，似乎已不再認為人生是一種主動的出擊，經常把生活看作一種被動的逆來順受，能喘一口氣已經不錯了，在她看來。可是我無法從她的角度來諦視生活，我需要不停地獲取不同的經驗，越是帶了幾分未可知的色彩，對我就越有吸引力。於是終於不顧家人的反對，只在安妮默默贊許下，毅然辭謝了巴黎的工作，獨自啓程到墨西哥去了。

一下飛機，墨西哥學院派來接我的主任秘書就把我安置在一家相當豪華的旅館裏。他們認為我既是高薪聘來的教授，多住幾天旅館也負擔得起。我呢，不管預支來的薪水把口袋撐得多麼飽，也經不起這種按天計日的開支。他們不急，我急。求人不如求己，於是拿起報紙來把租房的廣告從頭看了一遍，把距離學校較近的和條件適合的勾了兩三處。結果我看了第一家，就決定先搬了再說了，因為房子不比旅館差，房租比住旅館可就要便宜得多了。

我的房東叫什麼，現在已經記不得了，姑且叫他電話簿上佔了不少頁數的那個墨西哥常見的姓「龔匝來茲」（Gonzalez）吧！這位龔先生前些年我在我的「獨幕劇集」的序言裏已經描寫過他，就是長得很像墨西哥的革命英雄薩巴達的那位。龔先生長了一張方臉，兩撇大黑鬍子，要是再戴上一頂墨西哥式的大草帽的話，叫我看來，眞是薩巴達再世了。

龔先生的太太皮膚較白，大概是西班牙血統較多的墨西哥人。他們的女兒有一隻跛脚，常常濃粧艷抹了以後端坐不動，像一個泥塑的美人兒。他們大概還有一個兒子，平常住在學校裏，只有周末的時間才回家。租給我的那間房，很可能原來就是龔先生的兒子住的。我現在閉起眼來還可以回想到那間房的樣子。一面牆全是玻璃做的，雖然掛了薄薄的窗幃，陽光還是很容易地透射進來，所以屋裏非常光亮。這間房裏除了一床、一桌、一椅外，空蕩蕩的沒有任何家具。對窗的牆上開了兩個門，一個門通外面龔家的飯廳，另一個門通我的浴室。浴室沒有門，掛了一襲輕薄的白布簾，只要有一點微風就飄蕩起來。

龔家的人除了西班牙語之外，不通半句外文，我的西班牙文當然還不到足以表情達意的程度。我們見面時只會客氣地笑笑，並不搭腔，那時候我在龔家搭伙，可是並不跟龔家人同桌共食，却跟另一位並不住在龔家但偶然來打伙的年輕人一起吃。這位墨西哥青年會幾句英語，我們也就湊付着勉強可以會意，因此也一同出遊了幾次。但終因爲語言上難以溝通，無法建立起深厚的友誼。

其實我現在想講的我的房東並不是龔家，而是另外我住得較久的，來往也較密切的一家。可惜的是那一家房東的姓氏也忘了，暫時叫他作另一個在墨西哥通行的大姓馬提乃茲（Martinez）吧！

原來在龔家住了一個多月後，我的墨西哥同事告訴我房租付得太貴了。一間房，每月我所付的披索，折合美金一百多元，伙食費在外。那時候在墨西哥城，美金一百元可以租到一所三房一廳的公寓。事實上，半年以後我所租的公寓正是這個價錢。因此我又拿起報紙來看出租廣告了。每天房屋出租的廣告佔了報紙上好幾個版面，字小不說，常常都用簡寫，看起來還頗不容易。不過，有志者事竟成，終讓我看到了離學校更近的一家，連房租帶每日三餐才不過七百披索，只合美金六十來元，比龔家的房租幾乎便宜了一半。這就是我第二個房東馬提乃茲先生家。

這位馬先生是英語教師，總算找到了個可以說話的。馬家人口衆多，住在那裏絕不會寂寞。我那間房，名義上是我的，可是常常成爲馬家人串門的對象。在龔家我可以關起門來寫東西，到了馬家就只能陪他們聊天說地了。其實倒也頗中我的下懷，我原來就希望有練習西班牙文的機會。難處是開始的時候眞是打鴨子上架，除了馬先生以外，他們一家人說些什麼，我是幾乎完全不懂，我硬擠出幾句來，看看他們矇渣渣的臉色，我也自知我正在不知所云。把我逼急了，法文、英文就衝口而出，除了馬先生以外，別人仍然是矇渣渣。

馬家的人口，大概過了好幾個星期我才弄清楚。除了馬先生和馬太太一眼就看清楚了以外，馬家還有兩個已成年和兩個半大不小的兒子、一個亭亭玉立的女兒，外加一個侄兒和另一個房客。加上我，一共有十人之多。你要因此想馬家的房子定很寬綽，那就錯了！其實馬家只有四間半房，這四間半房，竟然住上了十個大人！原來墨西哥人像我們中國人一樣，喜歡集體生活，五個兒女加一個侄兒還不够，又再招兩個房客來。後來大家熟了以後，馬太太才告訴我，那個侄兒是假的，開始也只是個房客，住久了建立了感情，就成了侄兒了。你看，墨西哥人的人情味兒並不下於我們中國人吧？

看到這裏，你一定非常好奇地急欲知道這四間半房是怎麼分配的吧！請聽我說，如果馬先生和馬太太佔了一間房，那還眞不容易分配了。好在墨西哥人有中國人一樣的聰明頭腦，又像中國人一樣不重視隱私權，再加上和中國人一樣地可以爲集體犧牲掉夫妻之間的私生活。有了這樣的歷史與文化背景，那就容易分配了。我是房租付得最貴的外客，當然是獨佔一間，其他的人都沒有這種福分。我隔壁的一間，住着馬太太和已經十五歲的馬小姐，過去最大的一間住着從十七歲到二十五歲的四個兒子。再過去較小的一間，住着馬先生和他的假侄兒。另外的那個房客，大概是房租付得不多，就讓他住在與厨房共分的那半間裏。你看，這麼一分配，房租也賺了，家人也竟各有其所了。在馬家的每間房裏白天黑夜都經常地不斷人，因爲馬太太是經常在家的，另外有一個兒子旣不在外工作，也不上學，專任做飯打掃清潔等雜事。後來因爲吃飯的人多，做飯的人少，馬家又雇了一個小下女專門擔任清洗碗碟和其他厨房中的雜活。在我住在馬家的四五個月中間，我不知道馬先生和馬太太如何解決他們中間的問題。也許他們之間已經沒有問題了，可是他們那時候也不過五十歲上下！

馬先生也像中國的老師，除了本職以外，到處兼課，白天很少見到他的人。大兒子和四兒子在同一個工廠工作，晚上也上同一個夜校。三兒子就是擔任家務的那一個。二兒子地位很特別，因爲在銀行任職，在四個兒子中收入一定是最好的，所以得到媽媽的特別照顧，飯食衣着都與其他的兄弟不同，可以看得出來其他的兄弟事事都要讓他。那個十五歲的女兒當然還在上學。唯一無事可做的是馬太太，除了買買菜，偶然幫着三兒子做做飯以外，整天在家裏搖擺過來，搖擺過去。如果墨西哥人也與打麻將，馬太太一定是牌桌上的搶手。可惜墨西哥人還沒有那麼文明，不曾發明出麻將這種消磨光陰的寵物，使得馬太太只有東家長西家短地拉舌頭了。馬太太跟我講過不少別人的故事，包括另兩個房客的在內，可惜的是多半我都沒有聽懂。爲了禮貌起見，我不得不應付性地哼哈幾聲，馬太太以爲我懂了，講得就越發起勁兒起來。把我弄煩的時候，我只好躲到學校去。

馬家的生活很節省，伙食分成兩等，一般說，馬先生、馬家的二兒子和爲父母珍愛的馬小姐是一等伙食，其他的人是二等伙食。我因爲是事先講好的價錢，多半給我一等伙食，但如吃一等伙食的都不在家，我就只好跟別的人一起吃二等伙食了。所謂二等伙食，就是少見油星。至於那個小下女，委實可憐，十歲不到，已經洗碗洗碟掃地抹桌地做一大堆活計。到了吃飯的時候，馬太太只拿一個麵包，抹上一小塊奶油，叫她到廚房裏吃去。我有一回看着不忍，問馬太太爲何不多給她吃一些？馬太太很不屑的說：「他們這種窮人，有麵包吃着已經是登天啦！」

馬家偶然也請客人，雖然在我寄住的那四五個月之間，我只經驗過一次。那一次請的是兩個美國來旅遊的老太太。墨西哥人對美國人的態度，大概跟我們中國人差不多，是既妬又羡。那時候一塊美金換十二塊披索，美國人輕輕易易地就賺幾百塊美金。一個普通的墨西哥人，爲了幾百塊美金，可以辛苦終年。所以在墨西哥人的眼裏，如果不把美國人看成大混蛋，就只好奉爲財神爺了。大概因爲馬先生是教英文的，就那麼因緣時會地請來了兩位到墨西哥來旅遊的美國老太太。

好像那是個星期天，馬太太一大早就上了菜市場，馬先生留在家中親自主廚。當日我也被請做了陪客。菜一上桌，我才發現主菜竟是我們中國人拿來進補的甲魚，把兩個美國老太太吃得讚不絕口。的確，自從我在馬家做房客之後，還沒有吃過這麼豐盛的飯食。馬先生特別告訴我，今天的飯菜雖然超出了我所付的價錢，可是也並不需要我額外付錢。不過第二天，馬太太就跟我借了二十個披索去，以後沒還，我也全當付了那天的額外餐費了。

說起借錢來，馬家的人大大小小大概多半都跟我借過，時常是只借不還。當然數目很小，我也並不在乎。但是日久了，我也不能老是這麼慷慨，所以就從房租裏扣除。有時候到了該付房租的時候一算，幾乎就可以兩抵了。房租是付給馬太太的，如果錢是別人借的，馬太太可就不多麼樂意了，因而特別囑告我，除了老二外，不要借給她孩子錢，他們都是沒錢的，借了還不起。可是老二却從來沒有向我借過錢，可見老二還眞是有辦法的，難怪媽媽另眼相看了。

周末馬家全家出遊時，我常被邀同行，其他的兩位房客則從沒有參加過。爲了感謝馬家的好意，我常常代付全家來往的車費，因此他們也就更捨不得不邀我參加了。馬家雖說個個都很精明，但都是些好人，待人相當熱誠，有時候也頗爲慷慨。譬如說墨西哥也有所謂的教師節，教師節那天，馬先生回家時提回了一箱子學生送的禮物，像領帶啦、袖釦啦、領帶的別針啦、裁紙刀啦、原子筆啦什麼的，應有盡有，眞眞是一滿箱子。大概是爲了炫耀他的成就，馬先生拉我到他房間去共享他的快樂。等他一件件地都讓我看完了，我一面看又一面讚賞，馬先生才發現如就此打發我走，有些過意不去，於是狠狠心檢出一副袖釦來轉贈給我。我當然推辭，但是我越推辭越發地激起了馬先生的慷慨之情，結果是到了如果我不接受他非揍我一頓不可的地步，我只好收下了。

馬家的孩子都還那麼年輕，最大的也不過二十五歲，最小的老么才只有十五歲，我們也都很談得來。其實應該說玩得來，因爲那時侯語言上的障礙還並沒有根除。有一次我跟馬家四兄弟去遊樂場，兩個年輕的非要坐那種上下左右同時亂轉的飛機不可。我說：「我可以請你們坐，但是我自己不坐！」他們一致不肯，非把我也塞進飛機不肯罷手。結果我坐了一次，幾乎把我的內臟翻到肚腔外來，下了飛機，又噁心、又頭暈，才第一次驚覺到我已經不能跟十七八歲的孩子一起玩這種遊戲了。

我跟馬家的孩子越熟，漸漸覺得越吃不消他們。兩個小的都希望我送他們禮物，如果不送，就死纏不休。特別是十五歲的馬小妹，要是得罪了她，她可以跟你冷戰幾天，不跟你講話，但是只要給她件小禮物，馬上就眉開眼笑了。

雖然我發現馬家人的情緒常常受着錢財的左右，使我無法對他們十分敬重。但是想一想世界上有幾個人不是見錢眼開的？因此又不得不對他們體諒起來。我在馬家做房客的那幾個月中，相處得可說相當不錯，甚至於他們都很不捨得我搬走。我告訴他們並非我狠心無情，而是我的母親和老婆孩子一到，他們這幾間小房如何住得下呢？馬太太則堅持說大家可以擠一擠，甚至於他們再擠出一間房來讓給我都可以。怎麼擠？難道說讓馬先生跟他的假侄兒擠到四個兒子那間房去？「不是啦！」馬太太說：「你跟老婆孩子住你原來住的這間，你媽媽可以跟我們合住我這一間，不就行了嗎？」

哎呀！原來墨西哥人擠住的習慣尤超出於我們中國人之上。在其他西方國家解決不了的問題，到了墨西哥就迎刃而解了。

我在馬家已經差不多到了一種假侄兒的地位，但礙於情況仍然非搬不可。如那時我是低薪階級，也並非不可湊合。不幸那時却是高薪階級，不但租得起三房一廳的公寓，也買得汽車、請得起佣人。在法國時，家中已經用了半個佣人（就是一星期來三天，按時計酬的那種），到了墨西哥佣人那麼便宜，如果不用，實在對不起當時挺着一個大肚子的老婆。於是乎只有狠狠心向馬家告別，搬進三房一廳的公寓裏，開始過另一種布爾喬亞式的生活。

我搬家的那一天，馬家人都寒着臉跟我冷戰。我搬來的時候有老大替我提箱子，搬走的時候恰巧四個男孩一個也不在家，可能是故意躲開了。馬太太特別不悅，認爲我不肯做假侄兒，實在無情，不肯原諒我。

現在回想起來，在馬家的那段生活，雖然冷冷熱熱情緒很不穩定，但的確使我體驗到一般墨西哥的平民生活。

原載民國七十四年四月二十六日《聯合報》副刊

我的芳鄰

搬進墨西哥公園邊角上的一座大樓，於是成了墨西哥人的芳鄰，而我的芳鄰自然也都是墨西哥人。

我們這一廳三間半房的公寓位於大樓的五樓。以我國的方式來說應該是六樓，因爲我們通常把底層叫做一樓，一樓叫作二樓。我所以選中這所公寓，主要的原因是居高臨下，可以俯瞰墨西哥公園的一角，特別是每天定時波躍飛騰的噴水池，很可以使我自我陶醉地把建有這麼豪華的噴水池的公園看成是我的私家花園。

這一所大樓的房主是一家租賃公司，而非私人，似乎手續特別簡單，只要預付一個月的押金就好。一切規定都寫在合同裏，沒有苛刻的要求，看樣子除了按時交屋租以外，不會有什麼麻煩。事實上也確是如此，我住了五年多，從沒有見過房東的面，每月支票寄去，收據寄回，如此而已。甚至搬家的時候，租賃公司也沒有派人來檢查房屋，這一方面表示了他們對房客的信任，另一方面也說明了墨西哥人辦事的馬虎。

這一座大樓一共住了十家人，每層樓有兩所門對門的公寓。底層沒有公寓，只在電梯後面開出了兩間小房，給負責管理清掃的門房住。

我們的門房是兩個墨西哥老人，雖然是一男一女，却並不是夫妻，而是相依爲命的兄妹。兩人都已經五十多歲了，據說都沒有結過婚。哥哥身材短粗，彎腰駝背，一臉皺紋，架了一副酒瓶底一樣厚的眼鏡，兩片厚嘴唇老是張着，露出一嘴似乎從未漱洗過的黃牙。我們背後都管他叫作「鐘樓怪人」，因爲他實在不能不使我們聯想到雨果筆下的「巴黎聖母院」裏的人物。他的妹妹雖然也不漂亮，但與哥哥一比，就顯得順眼得多，至少她是一個普通常見的那種粗粗胖胖的墨西哥婦女；因爲從未結婚，雖然已老白了頭髮，仍在背後拖着一條粗大的辮子。他們養了一隻翠綠的大鸚鵡。我們時常聽見中間天井裏傳上來一聲大叫：「吃飯啦！」開始我們以爲「鐘樓怪人」叫他妹妹吃飯，後來才發現是鸚鵡作怪！

共住一座大樓的另外九家人，眞正接觸過的可說很少。現在回想起來，除了一樓的一家、四樓在我們下面的一家，還有同居五樓的芳鄰以外，其他全沒有印象了。

一樓那家是位八十多歲的老太太，相當富有，不跟兒女同居，只雇用了一位中年寡婦管家。這位管家有一個小女孩，比我的女兒伊莎稍大，她們有時在一起玩耍，所以我們認得。四樓那家住的是一位退休的律師，已經七十多歲了，却有一位二十幾歲的太太。他們有一個四、五歲大的女兒。在公園裏散步時，時常遇到他們一家人。起初我錯以爲太太是律師的女兒，女兒是律師的外孫女，後來才弄清楚了是老夫少妻。也正因如此，才終於不可避免地演出了一齣令人又覺辛酸、又覺滑稽的悲喜劇。

說起來比較熟悉的是我們同居五樓的芳鄰。五年間，對門而居的芳鄰換過三次，而三次不同的芳鄰都各具特色。

在介紹我的芳鄰以前，我應該先向讀者說明墨西哥的人種問題。如以血統種族而論，基本上可分三種人：一種是純白人以及印地安人血統極少的似白人；二是混血人，西班牙文叫作 mestizos，膚色介於黑白之間，在都市中這種人佔了大多數；三就是純印地安人及白人血統極少而膚色較黑的人，這種人多半住在農村，在城市中則多為工人、小販、佣人或貧民。以經濟生活和社會地位來分，白種人多半是中產階級以上的有產者，像工業家、富商和醫生、律師等自由職業者。政府的要員及軍警要職，則係清一色的混血兒。當政的革命黨，既以農民起家，當然不能不把代表殖民侵略者的純白人排除在外。但真正的印地安人，因為太擁抱固有文化傳統，與現代的生活格格不入，還是讓他們留在鄉下繼續過石耕火種的原始生活比較妥當。所以雖以印地安農民為名的革命運動，到頭來真正撿到便宜的不過是西班牙人與印地安婦女雜交而來的混血種而已。在一般混血人的觀念中，是相當瞧不起純種印地安人的。這種意識觀念在社會生活和家庭組織中有具體的反映。譬如說混血種與純印地安通婚的很少，白主人則多有膚色較黑的佣人，納妾也多半是白納黑，而不是黑納白（政府要員除外）。所以墨西哥雖是混血兒當政，可還是一個崇尚白皮膚的社會。

我們第一對對門而居的芳鄰，就是黑白混合體。因爲常常乘同一個電梯上下，所以不久就認識了皮膚較黑的環（相當英文名字約翰）和白皮膚的卡爾洛斯（相當於英文名字查理）。環年紀較大，大概有二十七、八歲，沒有正式工作。卡爾洛斯非常年輕，不過二十上下，在墨西哥大學唸法律。環很喜歡說話，見人就打招呼；卡爾洛斯則相當沉默，態度却也溫和友善。起初我以爲他們兩人不過是同住的朋友，但不久安妮以她女性的敏感已經嗅出了異味來。安妮總說卡爾洛斯不禮貌，對她正眼不瞧。我則覺得卡爾洛斯很親切友善，雖然不愛說話，那只是出於年輕人的靦覥而已。於是安妮根據我們兩人的不同印象下了結論：「卡爾洛斯跟環是一對同性戀的愛人。」不久就證實了這一個結論，原來環本已是結過婚的人，因爲卡爾洛斯的關係才離開了自己的老婆和孩子。環的老婆找上門來，環並不回心轉意，環的老婆只有痛哭而去。這些消息都是經過佣人傳播的。卡爾洛斯和環的佣人廣播給我們的佣人，我們的佣人再向我們轉播。

卡爾洛斯一定是有錢人家的子弟，雖然自己不過是一個大學生，也負擔得起這樣的公寓和環的生活費用，還雇了佣人。這樣的大學生，生活實在優裕。環的皮膚雖黑，却的確是個漂亮的小夥子，屬於健美先生那類，衣服穿得少而暴露，很容易使人看到他一身堅韌的肌肉。卡爾洛斯身材相當高大，但相貌普通，跟環在一起，總讓環搶了鋒頭。兩人相處，看來也並非多麼容易。我們有這麼一對芳鄰，便經常從佣人口裏聽到些經過添油加醋誇張過了的趣事，諸如兩人如何吵架，如何和好，以及有太多被單待洗之類。中產階級的生活喜劇，大概要從佣人的觀點來看才有趣味。

中產階級的墨西哥人，還算寬宏，並不歧視特立獨行的人，所以卡爾洛斯和環這一對與衆鄰居皆相安無事。只有一件頗使人難耐的事，是他們常常擧行派對。他們有一間房的窗口正對着我的臥室，一開起派對來總要拖到深夜三四點鐘，喧笑聲、杯瓶聲、音樂聲，不絕於耳，那一夜我就甭想入睡了。事後我也向他們提出過抗議，他們總是笑着道歉了事，但派對依然擧行，每月總有一兩次。可怪的是除了我以外，似乎沒有別的鄰居介意。我後來才知道，墨西哥人不怕噪音，墨西哥馬兒牙乞的樂隊，就是以震耳著名。墨西哥人的血液裏溶有一種激奮的情緒，越是高昂的聲音，越能撩撥起墨西哥人嘉年華會一般的狂歡情懷。可是我眞受不了。看看抗議無效，只能改採其他的辦法。在他們開過派對的第二天早晨，我估量他們正在大睡的時候，就把擴音器的喇叭對着他們的窗口大放交響樂，特別放氣勢雄厚得足以擾人心魂的貝多芬的「命運」。此法果然收效，以後派對減少了；就是偶有派對，他們也自知小心地把門窗關緊，盡量不使音量流洩出來，吵到我們。

除此之外，我們應該算是和睦的鄰居。特別有一次，如果不是環的熱心幫助，我就白白吃一個大虧。

有一天夜裏，忽然一陣急切的擂門聲把我從夢中驚醒，看看錶是深夜三點。我問是誰，外面回說：「環！你的鄰居！還有你的車！」

我沒聽懂，又問：「什麼？」

外面則一疊連聲地重複說：「你的車！你的車！」

我覺得莫名奇妙，開門一看，果然是我的芳鄰環和卡爾洛斯站在門前。於是問道：「這麼晚還沒睡呀？」

環搶道：「你的車教人給撞壞了！我們已經逮住了撞車的人。」

我聽了以後，趕緊穿上衣服，跟他們下樓去看。原來我停在馬路旁邊的汽車，朝街的一面車門給撞得稀糊爛。環與卡爾洛斯所以如此熱心，是因爲他們的車也被撞了，不過沒有撞得像我的這般厲害。他們睡得晚，一聽見撞車的聲音，馬上下樓去看，闖禍的人早已逃之夭夭。幸虧撞車的人撞壞了自己的水箱，遺留了一路水跡，才讓他們追上捉住。

他們來叫我的時候，已經把闖禍的人扭進了警局，現在是找我來一起去結案。在警局裏第一件事就是抽驗闖禍人的血。一驗，果然是喝醉了酒的，不然怎會撞到停靠路邊的車上去？除了賠償我們的損失外，恐怕還要坐牢。糟糕的是墨西哥的駕駛人多半都沒有保險，如果闖了大禍，可能要傾家蕩產，這就是爲什麼墨西哥人撞了人或撞了車，能逃就逃，能躲就躲；逃不了、躲不過的時候才依法解決。我到達警局的時候，闖禍人的家人、親友也到了好幾位，來爲這個闖禍的傢伙說情、苦求，看來像我們中國人一樣地富於人情味兒。撞壞了的這兩部車，卡爾洛斯的那部雖是小傷，但却是一部嶄新的雪佛來，剛買了不到兩個月；我的車雖不新，但又撞得够爛，賠起來都够嗆！卡爾洛斯堅持賠錢，環也示意叫我堅持賠錢。闖禍的家人大概看準了我好說話，一把鼻涕兩行淚哭得我不得不點頭答應由他們開修車廠的一位親戚負責替我修復。事後環和卡爾洛斯都埋怨我不該答應這些人一定不會遵守諾言，修復原狀。果不出所料，我一時的善心換來的是一拖再拖的修復期。花了我不少時間一再交涉，最後交還我的是一扇顏色不大對、開關不大靈的車門！但畢竟有了車門。如不是環和卡爾洛斯逮到那個闖禍人，則修復車門就全是我自己的事了，豈不更糟？我一向是很看得開的！

爲了答謝環與卡爾洛斯的熱心通報，見義勇爲，本想請他們來家吃飯的，還未實現，不知爲什麼緣故他們竟離開墨西哥城，搬到北方接鄰美國的掛得拉哈哈去了。

我們第二個對門的芳鄰是老牌子父子。老牌子（Lopez）這個姓，也是來自西班牙的一個常見的姓氏。老先生六十多歲，是個清癯瘦小的老頭兒，搬來不久就前來敲門睦鄰，同時很慷慨地送了伊莎一具玩具汽車。他的兒子沒有同來。過了幾天，我們也見到了，是個相當體面的三十多歲的青年，跟我那時的年紀不相上下。

過了不久，從佣人那邊就傳來了老牌子父子的趣聞。原來這座大樓是根據墨西哥的國情設計的，我們公寓中三間半臥房中的半間就是專給佣人住的。所以叫它半間，因爲擺上一床、一几、一椅，就滿了。同時在樓頂的平臺上，除了建有每家的曬衣籠（可以自行加鎖）以外，還有公用的洗衣處（我們叫它廣播臺）和兩間專爲佣人設置的浴室。我們本來讓佣人用我們的浴室，並跟我們同桌吃飯。但是兩樣都行不通，前後幾個佣人，只有一兩個肯混入我們的家庭生活，其他都寧願保持自己的獨立。也就因此，佣人們洗澡，都要到頂樓的浴室淋浴。自從老牌子父子搬來以後，不久就有人發現老老牌子喜歡偷窺女佣人出浴。當時我們聽了佣人的報告，心中半信半疑，可是我們的佣人說得千眞萬確，她說有一次還潑了老先生一臉洗澡水。爲了證實她不是無事生非，造謠生事，有一天趁我在家時，她就通知我要上去洗澡，叫我特別注意老老牌子的行動。

過了半晌，我從有一個可以斜望到平臺一角的窗口偷偷一望，果見老牌子老先生正躡手躡脚地躱在牆角伸頭縮腦地像跟誰在捉迷藏一般。又過了一會兒，我聽到女佣在浴室中傳出來的歌聲，就悄悄登上平臺。不得了，我稍一露頭，就看見浴室門前的水門汀地上，橫舖了一張報紙，老牌子先生正仰面朝天地躺在那兒從浴室門下那條通氣孔裏忘情地欣賞，完全像捕蟬的螳螂一般，不知還有黃雀在後。當時我不知是否該走上去揭露他這種行爲，後來想想女佣們都以此爲樂，沒有人認眞地看成大逆不道的行爲，我又何苦不給人留情面，破了雙方的雅興？結果又悄悄地下來了，留下老先生獨自去欣賞他的西洋景。

但是不久以後就發生了一項比較嚴重的事件。有一天老牌子家的一個十七、八歲的小女佣大哭大叫發了瘋似地來搥我們的門。一開門，那個小女佣就跌撞而入，渾身顫抖不止。我們一家都慌了手脚，扶她坐好，問她是怎麼回事。她才呑呑吐吐地說，老老牌子趁小老牌子不在家，要强姦她。那麼瘦小的一個小老頭兒，要强姦一個年輕健康的女人，也並不容易，眞是太自不量力了！我們只有先安慰她，使她平靜下來。問她要不要報警，她却堅持不肯，反正也不過是企圖而已，並沒有成功。最後讓我們的佣人陪她去收拾了她的衣物，辭工回家。晚上小老牌子先生來我們家解釋，說是他父親愛開玩笑，完全是一場誤會。過了一天，小女佣又回到老牌子家，生活照常，也沒有再發生別的問題。

眞正富於戲劇性的發展，倒不是父親，而是兒子。前文已經表過四樓住着一對老夫少妻。丈夫是退休的律師，已經七十多歲，妻子正當二十幾歲的盛年。不管老頭多麼有錢，多麼溫存，也難以拴住一個如此青春的少婦的心。不知怎麼一來二往地這位皮膚深而俏的少婦就跟我們的芳鄰皮膚較白又相當體面的小老牌子先生發生了情愫。據我們的佣人從四樓佣人那邊轉播來的新聞是：小老牌子的內衣時常留在四樓清洗。有一天老律師穿上一條內褲，左穿不合適，右穿也不合適，仔細一看，原來不是自己的內褲，因而心生疑忌，對太太大發脾氣。好像太太也很不在乎，故意給老律師抓到證據，使老律師一氣而病，一病而死。

老律師似乎也沒有別的家人，律師的寡妻請了左鄰右舍來參加老律師的追思彌撒。我們也到場了。看到未亡人鬢邊斜插一枝白色山茶，春風滿面的模樣，心中頗不是滋味。小老牌子和老老牌子都在那兒，使人覺得不似追思亡故的律師，倒好像爲年輕的一對訂婚而宴客。數天後，老牌子父子就公而開之乾而脆之地搬到四樓去跟老律師的寡妻合住了。於是以後的日子，我們就經常聽到從樓下傳上來的這對年輕愛侶追逐嬉鬧的歡笑聲。如以傳統的道學詞彙來形容，應該說是「淫蕩」；如以現代的觀點來看，則應該說「充溢着青春的活力」了。

繼老牌子之後，我們對面搬來的第三位芳鄰是一位音樂教師。這位音樂教師眞是不同凡響，不但經常饗我們以蕭邦、李斯特等的纏綿激越的琴聲，而且也使我們大飽眼福。教師長得粗眉大眼，皮色略黑，是個標準的混血兒，雖已年過半百，但渾身上下充滿了鮮麗的顏色。譬如說穿白色的西裝，可能配以紫色的襯衫、杏黃色的領帶，深色的西裝，又可能配上松綠的襯衫、腥紅的領帶，總之顏色配搭得都十分鮮艷醒目。而且兩手的手指上點綴着好幾個五光十彩的寶石戒指。前來受教的學生也是一樣，都是花蝴蝶一般的男女青年，衣著無不非常艷麗，身上都噴灑了各種味道的香水，使我們的電梯裏經常都是香氣四溢。連這位音樂教師的女佣人也與衆不同，身着迷你裙，腿裹黑色網狀襪，足登晶亮的漆皮鞋，走起路來咯登咯登，屁股不動而自擺。我敢說，過不了多少時候，我們的芳鄰一定會有更精彩的演出。可惜我已經決定了遠飛加拿大，只好百般不捨地對我們墨西哥的衆芳鄰說聲「拜拜」了！

現在聽我道來，我的這些芳鄰似乎都有些異常。其實世間哪有完全正常的人？正常只是種抽象的理想的標尺，用這樣的標尺一量，人們的行爲不是偏左，就是偏右，雖然種類不同，其爲異常則一。如果偶然正好落在標尺上（雖然絕不可能），那就更加異常，因爲異於正常的異常之故。

我也並非在此拿我同居多年的善鄰來開心，不過覺得人們的生活非喜卽悲，與其採取悲慘的態度，把一切都看得苦哈哈的，不若看得開一些。我敢說，如果觀察者不是我，換上我的鄰居，在他的眼裏，我也一樣地滑稽可笑哩！

原載民國七十四年五月二十四日《聯合報》副刊

傭人們

主與奴的關係是人類最原始的一種「基型」。君與臣、父與子、夫與妻都是主奴關係的延伸。就是到了講究自由平等的現代社會，傭人這一項職業還是存在的。在革命黨看來雇傭人是一種剝削行爲，但根據現代資本主義的經濟理論，也未嘗不可視爲一種各盡所能各取所需的合同行爲。

我雖然堅決反對主奴關係，但在生活上又不能不用傭人，因此在腦子裏就不能不發生一些搏鬪與齟齬。特別是我們這一代的人，年輕的時候無不受過革命理論的洗禮，從小就立志在社會上要做一個不欺人，也不准人欺的正義公道之士，良心上怎肯去剝削他人呢？開始的時候我是堅決主張不用傭人的，生活中的一切雜事都要自己親手來料理。我會洗衣、會煮飯、會灑掃應對，我可以萬事不求人，我很為我的能幹與獨立精神而自傲。我常想：如果世界上的人，人人都像我，大家都這樣的獨立自主，誰也不求誰、不靠誰、不欺侮誰、不折磨誰，世界該有多完美！生活該有多幸福！然而，唉！可惜的是人人都不像我，到了後來，連我自己也不像我了！這怎麼說呢？起源是自找麻煩地牽了個異性的手走進教堂，因而麻煩就接踵而來了。本來是獨立自主的一個人，現在變成兩個，已經無法獨立自主了，誰想後來竟像細胞分裂似地由二而三，由三而四。四個不同的個體，倒有兩個啥事也不會做，完全依賴別人。在這種情形下，不管我洗衣和煮飯的本領多麼高強，也趕不來洗兩小時一換的尿布、三小時一熱的奶瓶，除非我從學校裏辭職回家，來專門做這樣的事，也許還可以勉強應付。可是我的同事和學生們都不准我辭職，他們覺得像我這種大有學問的人，每天去洗孩子的尿布，太可惜了！他們建議我請一個洗尿布的專家。也許當時他們是一番客氣話，可是我就當了眞。眞以為自己做洗尿布的工作是屈了才了。其實，說眞個的，我也眞不多麼喜歡每天做那種洗衣煮飯的工作，借別人這麼一說，我是打蛇順杆上，自己趕緊下臺階。好！咱就請個洗衣煮飯的專家。

這時候也並非完全忘了幼年學過的革命理論，而是看到了各地成功以後的革命黨，一個個都變成了比反動派惡劣百倍的大老爺。他們不用傭人，可是用服務員；他們不但要人爲他們洗衣煮飯伺候着，必要的時候，聽人說，他們還要吸點人的血、吮點人的腦汁什麼的哩！因此我終於很安心地接受了資本主義經濟理論的合同行爲。

你看，爲了請個傭人，在思想和理論上竟發生了如許複雜的心理絞纏與掙扎，這大概正是所謂的小資產階級知識分子的優柔性。難怪人言「秀才造反，三年不成」，很叫革命黨看不起了！

墨西哥的社會是一個革命黨加資本主義的社會，當政的革命黨早就不革命了，反倒很怕被人革了命。爲了不容易被人革了命，只有實行資本主義，因爲資本主義至少可以叫大家都有飯吃，心情比較輕鬆愉快。人一輕鬆，也就不會老看着別人不順眼了。聰明的革命黨，遲早都學會了走資本主義的路線。雖然這樣一來使人覺得當初又何必革命呢？然而我們沒有權力問這種問題。當初一定是大家的心情不够輕鬆愉快，都鱉了一口非革命不可的氣。要是早一點實行資本主義，也許就省了這番折磨了！

在以革命為名資本主義為實的墨西哥社會，大家幹的都是剝削行為，如果以革命黨的眼光來看的話。但換一個角度看，也可以說成是雙方甘願的合同行為。主人和佣人的關係就是如此。墨西哥中產階級以上的家庭沒有不用佣人的，因為都市中流入大批失產待業的年輕農民，小伙子投入工廠建築等賣力氣的生計，女孩兒則大部分成為傭工。找不到工作的就流落街頭，加入偷幫和丐幫。雇用佣人是解決社會問題，而不是製造社會問題。至於主人對佣人的態度以及主佣之間的關係，那就全視個別的情形而定。不過大概不會有以主欺奴的過分現象，因為主佣的關係完全建立在合同上，名義上合同是對雙方的保障和約束，但實際上卻約束了主人而保障了佣人。主人撕毀了合同，佣人多半要告狀；佣人撕毀了合同，主人卻常常自認倒楣。這就是為什麼請佣人要十分小心，不然會請進一個惡菩薩，可就不易打發了！

伊夫出生前，我們請的第一個佣人叫克莉斯丁娜，十九歲，但看起來要大一點。我們難以知道她實際的年齡。有些佣人可以永遠十九歲，一直到實在不像十九歲的時候。克莉斯丁娜不會做飯，她的主要工作是洗衣服、打掃房間和清洗碗碟。每天說是工作八小時，每星期休假一天，管吃管住，工資每月四百披索，是當時一般傭工的收入。那時候墨西哥的物價很便宜，薪資的差距則很大，大學教授的薪資相當於一個普通工人的十幾倍，因此大學教授的生活非常優裕。一個傭工的薪資如果一半寄回農村去，就可以養活一家人，當然如果在都市中花用，四百披索也是很容易花掉的。

克莉斯丁娜相當沉默寡言。我們請她同桌吃飯，她不肯，我們就讓她獨自在厨房吃。開始的時候她做事很慢，常常一面拖地板一面想心事，一拖就拖兩小時。碗碟來不及洗，我們只好自己動手。過了些時候就開始請假外出，理由是姑媽死了。這麼重要的事，我們當然不能不准假。再以後星期天休假外出後，星期一也不見人，說不定星期二或星期三才回來。每次的藉口都是家裏死了人。我們好生奇怪，怎麼她家裏老死人。請問了有用人經驗的墨西哥朋友，才知道這是墨西哥傭人的公用謊言。一個傭人爲了請假，可以讓她的父母家人每年死好幾次。

不久我們發現克莉斯丁娜每次出門，都有個小伙子在樓下等她。不過這是她的私事，我們無權過問。問題是安妮越來越受不了了，因爲克莉斯丁娜沒做的工作多半落在她身上；如果克莉斯丁娜數天不歸，就等於沒有傭人。不過她不敢當面責備克莉斯丁娜，第一她不知道如何措詞，第二因為她就要生產，深怕惹翻了佣人到時候沒有幫手，於是把責任推到我身上。她說：「你是老師，你很會罵學生的，為什麼不對克莉斯丁娜顯顯你的本事呢？」

「克莉斯丁娜？她不是我的學生啊！教訓佣人，是家庭主婦的工作，輪不到我！」

這樣我們你推我，我推你，誰都不肯開口罵。這才使我感到居心罵人，實在不是件簡單的事。就在這時候安妮病了，克莉斯丁娜又外出不歸，可眞把我惹火了。這一次我預備了我的脾氣，非要發一頓不可。沒課的時候，我就囘家，除了幫忙做家事以外，也是專候克莉斯丁娜歸來，好好教訓她一頓。

等來等去，終於讓我等到了。我聽到電梯的聲音，本預備當門而立，後來覺得不妥，這樣未免有欺人太甚的姿勢，便趕緊跑囘客廳，端端正正坐好，兩眼盯着門口。開門進來的果然是克莉斯丁娜，可是她正眼也不瞧我，就把皮包往肩上一甩，大模大樣地朝自己的房間走去。

「克莉斯丁娜！」我趕緊猛吸一口大氣威嚴地叫了一聲。

她站住了。

於是我說道：「你這樣工作是不成的！你知道嗎？你常常請假，罪名一；請假又不按時回來！罪名二；回來又不好好工作，罪名三；明明是跟男朋友出去玩兒，却說家裏死了人，罪名四……」

「你少囉嗦好不好！」克莉斯丁娜很平靜地說。

「啊？」

「啊什麼？你這裏工作這麼多，又要洗衣服，又要洗碗碟，又要拖地板！你太太就要生產，我可不洗嬰兒的尿布！尿布，多臭啊！這樣的髒活，我幹不了！我現在就告訴你，你另外請人吧！我不幹了！」

「不幹了？我們有合同啊！」

「什麼合同？不幹就是不幹，你看着辦吧！」

就這樣克莉斯丁娜辭工走了。安妮又氣克莉斯丁娜沒心肝，又埋怨我，說我不該罵人。

「不是你叫我罵的嗎？」我不服氣地說。

「我可沒叫你罵這麼兇，又是罪名一，又是罪名二的，誰受得了？」好了，以後可得小心，不能亂加別人的罪名！

我們第二個佣人是朋友輾轉介紹來的，叫尤金娜，比第一個更年輕，只有十八歲。人長得清秀雅致，很像我大學時代頗喜歡的一個電影明星林翠。把林翠請到家裏來做事，眞是運氣不錯，我們全家都喜歡她。

尤金娜人聰明，脾氣也好，跟我們同桌吃飯，說說笑笑，好像家裏人一樣，也不嫌洗伊夫的尿布，跟四歲大的伊莎特別玩到一塊。做事也麻利，做完了家事，還有不少時間去織毛衣什麼的。但是好事不常，不到一年，尤金娜就因家裏發生變故，回鄉下去了。尤金娜走的時候，安妮還哭了一鼻子。尤金娜也答應只要她再回墨西哥城工作，一定到我們家來。但是像這樣標致的女孩，恐怕不久就嫁人了，哪裏還會再出來工作呢？

第三個佣人叫斯蒂拉，皮膚黝黑，年紀雖稍大，仍然算一位年輕小姐。不過斯蒂拉做事很邋遢，而且不久，安妮發現這位小姐太不愛淸潔，竟長了一頭蝨子。我們不便明說，又怕把蝨子傳給大家，不知怎麼辦才好。因爲長蝨子辭退人家，也不像話。正在爲難的時候，這位小姐忽然因私事主動辭工不幹了，倒解決了我們一個難題，使大家都鬆了一口氣，跟尤金娜離開時那種難分難捨的心情完全不同。

第四個傭人是好不容易託朋友介紹來的一位半老婦女，姓本尼，我們都叫她本尼太太。本尼太太不是鄉下人，就住在墨西哥城，只因孩子們大了，在家無事可做，才出來幫人，賺一些錢用。她早來晚歸，並不住在我們家。

這位本尼太太只有一隻眼，另一隻不知怎麼瞎掉了。人粗俗，但挺和善，是一個樂天派。我母親叫她劉姥姥，只因她在飯桌上又說又笑，連一向寡言寡笑的母親都覺開心。也因爲本尼太太能做飯，我們一家都不得不改換口味，以遷就墨西哥式的烹調。

現在記得最清楚的是參加本尼太太女兒的婚禮。爲了這是首次參加墨西哥的婚禮，安妮還特別訂做了一身漂亮的衣服。本尼太太家在平民區，那天婚宴忽然來了我們這麼兩個外國人，衣着很不同，言語舉動都很特殊，立時引來了不少觀望的鄰居和兒童，連新郎新娘的彩頭都給奪了。宴後舞會時，衆人都搶着跟我們跳舞，使我們兩個平凡的人忽然感到幾乎具有今日查理跟戴安娜一般的魅力，在受寵若驚之餘，產生了一生中少有的一次飄飄然的感覺。使我想到屬於優越家庭和階級的人，眞不知佔了多少便宜，小指頭也不用翹一翹，自有人來奉承你！既得利益的階級在處處佔了優勢的情形下，如再黑了心腸欺人而肥己，那才眞是豬狗不如了！相反的，像某些「革命家」，口口聲聲地熱愛無產階級，到頭來專愛抱着上海的二流明星上床，其所謂熱愛無產階級又有幾分誠意？既得利益階級其實不必要做出多麼熱愛的嘴臉，只要公平就够了。就爲了貧苦大衆對你的寵遇，你也該投桃報李地待之以公平之道。

一隻眼的本尼太太勞苦善良，雖然幫佣於人，心情也滿快樂。她跟我們一家相處也非常和諧，直到她的兒女找到了較好的工作，需要她幫忙照管第三代的時候，她才離開了我們。

本尼太太以後就是在我們家工作最久的寶拉了。寶拉皮膚顏色很深，看來至少有百分之八十的印安地血統。長了兩隻大眼，有光而無神，顯不出多麼聰慧的樣子，但是工作很勤奮，態度又誠謹，很快地就贏得了我們的信任。她早上一早就起來，我們起床的時候，客廳、廚房、浴室都已經打掃過，早飯也做好擺在桌上，這是以前的佣人從來沒有做過，而我們也從未敢奢望過的事。

她不但一日三餐都做得規規矩矩，而且把洗過的衣服都燙平，這件工作本是安妮自己下手的。怪不得寶拉開始就要高工價——六百披索。她說她在別家幫工，也是這個價錢。做了幾個星期之後，我們不但覺得這個價錢值得，而且下一個月自動地給她漲到七百披索。有了這樣得力的助手，伊夫也已經三歲進了幼稚園，安妮才又開始教書的工作。

寶拉的處境也很值得令人同情，年輕輕地就生了一個兒子。跟她生兒子的那個男人，不知是情人還是丈夫，反正都是一樣，一拍屁股就跑掉了，一點責任也不負。這倒是墨西哥印地安文化的傳統，像我們中國人，孩子都歸女人來扶養，父親不負什麼責任。我的芳鄰環就離妻拋子去跟男朋友同居。我大學中的一位女同事是受過高等教育的，也一樣拿她跑掉的丈夫沒有辦法。因此寶拉勤奮地做工，爲了多賺幾個錢養她的兒子。她把兒子寄養在鄉下一個姨媽家裏，每星期去看一次。知道了她的情況以後，我們益發對她同情了。

寶拉雖然跟我們處得很好，但是沒有像尤金娜那樣親如家人，因爲寶拉頗有心事，不喜談笑，同時她也不喜歡跟我們同桌吃飯。後來我才發現主要的是因爲口味不同和習慣有異。她做的當然是墨西哥飯。我們從本尼太太開始已經習慣了墨西哥的口味，但是寶拉嫌我們吃得太清淡，她自己的飯菜裏總要另加鹽和辣椒。當然，她也像所有墨西哥人一樣，不多麼喜歡麵包，專愛吃玉米餅，而且要吃新出鍋的，所以每天飯前總要花不少時間去排隊購買冒着熱氣的玉米餅。她這種習慣漸漸也傳染了我們，我和安妮也開始吃一些玉米餅。只有我母親非常憎厭，她說：「墨西哥人的嘴眞賤，放着大米白麵不吃，專啃老玉米！」另一個寶拉不願跟我們同桌吃飯的原因是用不慣筷子或刀叉，她總是用手抓着吃。同桌的時候，她不能用手抓，很覺彆扭，因此寧願自己躲到厨房裏吃去。

不幸幾個月後寶拉也要辭職。開始我以爲她要漲工錢，然而她說不是，眞的是家裏有事，不得不回去。看看挽留不住，只好另外找人。接連用了幾個佣人之後，也長了見識，不但比較會看人，也在合同上加了個試工階段，如果雙方面有一方覺得不合適，試工以後就拆夥。誰知寶拉以後連續幾個都沒有做長，因爲時間過短，現在回憶起來印象都沒有了。只記得曾經有一位惹火女郎上門求職，上理獅子頭，下着迷你裝，濃粧豔抹，色彩繽紛，好像剛從巴黎紅磨坊臺上下來的舞娘。我們趕緊說不需要人，連試工也免啦，倒不是我對人的衣着有成見，而是職位不對，住家不是舞臺，傭人不是舞娘，免得引起角色錯亂！

哪知一年後寶拉又回來了。她來的時候正趕上我們的傭人辭工，眞是喜從天降。不過這回她帶來了個條件，就是她的兒子已經十歲，想進城來上學，得要跟她同住。我們覺得家裏多添一個孩子吃飯上學，也沒有什麼不便，就一口答應了。寶拉的工錢也漲到九百披索，反正我自己的薪水每年都漲，傭人也應該按比例增加。

寶拉這次重來，却有相當的變化，人比從前削瘦了，神情也呆滯了不少，做事遠不及上次的勤奮負責，早上常常需要我們起來叫她才能起得來。這使我想起祥林嫂的故事，也許在這一年多的時間中發生了些什麼不如意的事情。我們既然保持着對她以前的好印象，就不得不原諒她如今的拖拉馬虎；也許她需要有些時間照顧兒子，就不免懈怠職守了。

過了一段時期，有天早晨我意外地發現從寶拉的房間 裏出來兩個粗壯 的大男人。他們擠在那小房間裏過了一夜，我們竟全不知情。兩個男人一見我，忙摘下大草帽來束手束脚地叫了一聲「老爺！」西班牙文的「老爺」和「先生」本是一個字，可是從這兩個鄉下人口中吐出來的使我感覺到意味似乎不是「先生」那麼普通。寶拉這才趕忙介紹說一個是她父親，一個是她弟弟，從鄉下來，要在這裏住些日子。我當時心裏就很不是滋味兒，要住些日子，怎麼事先也不問一問？而且怎麼住法？寶拉的臥房只有我們房間的半間大，因爲有她的兒子，擺了兩張床已經滿了，如何安置這麼老大精粗的兩個大男人？我就說：「你有事就先陪你父親和兄弟出去，然後你先自己回來，我有話對你說。」

寶拉送出了父親和弟弟立刻就回來了。我就說：「我沒法收留你父親和弟弟在這裏，第一房間太小，第二，說老實話，我不習慣無緣無故地跟兩個陌生人一起生活！」

寶拉登時就說如果我不收留她的家人，她就辭工不幹了。這當然對我們是一個威脅，找佣人這樣難，找到像寶拉這樣的更不容易。可是我跟安妮商量的結果還是不能接受這種要脅，與其以後不歡而散，不若現在隨她走。我就說：「好吧！如果你一定堅持要走，我也難留你，但無論如何我不能收留你父親和弟弟住在這裏。他們都是成人，跟你兒子不同，應該自謀生活和住處。如果一兩天住旅館，我倒可以替他們付錢，長期他們得自己想辦法！」

見我態度的確堅決，寶拉也就無話可說。工自然也沒有辭，她父親和兄弟是否已回到鄉下去，我也沒有多問，事情就這樣過去了。

但是這件事使我幾夜不得好睡，我幼年所受的薰陶又在我心裏醱酵。我不免自問：「這樣做，是不是對農民太缺乏同情心了？」我也同時想到了魯迅的閏土。如果閏土到了上海，要求跟魯迅同住，魯迅如何解決？魯迅也許比我偉大，接受了閏土，可是以後呢？魯迅跟許廣平女士的小日子，加一個閏土在內，恐怕也不易舒暢了吧？

不管如何自我舒解，這件事在我心中總留下一個陰影，使我覺得自己很是渺小，既沒有佛祖般普渡衆生的宏願，也沒有耶穌式推己及人的眞誠，使我在人前再也不敢說任何大話，只可謙謙卑卑地做一個普通人！

好在我和安妮均善待寶拉的兒子，使他不至於覺得不是自己的家。寶拉的兒子叫達丘，是個相當規矩的小孩。當然在十來歲的年紀忘形的時候總會有的，但一般說跟伊莎、伊夫從來沒有什麼問題。只有一次，使我很爲達丘難過。那次我們爲伊莎的生日開了個派對，請了不少伊莎的小朋友來家，當然也請了達丘。飯後在他們遊戲的時候，我無意中走過伊莎的房間，忽然發現有一個跟伊莎一般大小的男孩（大概只有七八歲），正兩手用力壓着達丘的頭叫道：「你是佣人的兒子，怎麼可以跟我們一起玩兒？你配嗎？你配嗎？」達丘竟任比他小了好幾歲的那個孩子如此作弄，一動也不動地趴在地下。幸虧這一幕寶拉沒有看見，不然叫做母親的該有多麼難過呢？我立刻揪起那個小男孩教訓了一頓。可是我敏感到達丘心中所受的傷害，那種傷害，是我無法補償的。如果一個七八歲的小孩子心中已經烙印了這般惡毒的歧視，怎麼又能責怪有些人報復性的殘酷行爲呢？我眞不知道像達丘這樣從小心中就受着如此斲傷的孩子，長大後會變成什麼樣的人。

寶拉是我們最後的一個佣人，她一直待到我們離開墨西哥。我們臨行的那一天，寶拉的眼睛都哭腫了，眼淚還兀自紛紛落個不停。我本來把我們的房子留給接替我的一位朋友，連寶拉也留給了他。可是那位朋友並不欣賞我們的房子，也不欣賞寶拉，沒多久就辭退了寶拉，搬了家。

我們到了加拿大以後還在考慮是不是該把寶拉帶去。她也許肯去，可是她的兒子呢？她的家人呢？同時那時我自己又從教授變成了學生，雖仍然兼點課，可是我的收入還不到以前的一半。加拿大的生活又貴，怎麼請得起傭人呢？於是在度過了五六年的老爺生活後，又恢復到過去一向獨立自主萬事不求人的生活了。

原載民國七十四年八月十八日《聯合報》副刊

我的犯法行爲

我一向是個奉公守法的人，可也並不能說從未做過非法的事。我自己知道，我骨子裏有些叛逆性，不過我所叛逆的並不是法，而是外在所加於我的不合理的壓力。譬如說在家中父母的非分要求，在學校中訓導處的無理干預，都可引起我激烈的抗拒。由於我的運氣，並沒有遇到過眞正不合理的壓力。深知我這種脾氣的家人，不會對我做非分的要求；訓導處的某些理性不足的人，又多半犯了欺軟怕硬的毛病，碰上我這種得理不讓人的傢伙，氣燄也自會委頓。這是我的經驗，所以從未委屈過自己，也從未惹出過禍事。這實在是我的幸運。我知道，世間强有力的壓力正多，非理性的事也自不少，湊巧了碰上，倒楣的自然是我！

現在我要講的這一次犯法的經驗，又是因爲運氣，使我在異國逃過了一次可能不小的麻煩。

安妮懷着卽將臨盆的大肚子，帶着剛從療養院出來的我的母親和才三歲大的伊莎，從巴黎經紐約飛到了墨西哥來。我剛剛搬進墨西哥公園邊的公寓，還沒有學會開車，也自然沒有買車，便思慮如果安妮忽然時辰到了，碰到深更半夜的時光，如何到醫院去！據我的經驗，孕婦的緊急關頭，常常發生在夜裏，伊莎出生的時候就是如此，不能不早做打算。

於是我向我們的門房鐘樓怪人打聽在夜間叫計程車的法子。鐘樓怪人說：那還不簡單？墨西哥公園旁邊，離我家不過兩百碼的距離，就有一個計程車站，那邊有人駐守，隨時可以叫車。

我這人一向小心，雖然鐘樓怪人說得十分肯定，我仍不能不親自去印證一番。到了計程車站一看，見是一個小小的亭子，下邊是木製的，上方圍以玻璃，有一個窗口。值班的是一個瘦削的老頭子，就坐在窗口後面。我問他：

「夜裏可以叫車嗎？」

他說：「當然可以，我們這裏是二十四小時服務的！」

我又問：「如果夜裏叫車，大概要等多少時候才可以有車？」

他極肯定地說：「十分鐘！最多十分鐘！」

我既然獲得了如此肯定的答覆，當然不會半夜起來再去印證一番，我還沒有小心到那種程度。

過了幾天，安妮果然半夜裏肚子痛起來，情況非常緊急。我最怕的是第二胎不像第一胎那麼耽誤時間，因車來晚了生在路上，豈不麻煩？於是急急忙忙穿好衣服，直奔計程車站而去。

到了亭子那裏，我不免一楞，亭子裏一片黑，連燈光都沒有，哪兒有值班的人？原來開着的窗口也關了起來。好在是玻璃的，我借着路燈朝裏一瞅，裏面地上蜷縮着一個人，正在呼呼大睡。

我於是輕輕敲了敲窗戶，沒有回聲。

又重重敲了敲窗戶，仍沒有回聲。

我就用腳狠力踢了幾下亭子下方的木板。

睡覺的人終於醒了，擡起頭來問道：

「啥事？」

我一看大喜，睡覺的正是前幾天我問訊的同一個老頭子，趕緊說：「我叫車！」

「沒車！」說罷，老頭子倒頭又睡。

「怎麼沒車？」我急道：「你不是說二十四小時服務的嗎？」

「沒車就沒車，少囉嗦！」老頭子不耐煩地說。

「咦？這就奇了！起來起來！你明明說夜裏可以叫車的，怎麼現在又說沒車？」

「告訴你，沒車啦！」老頭子還是那句話。

「起來！你給我起來！」我大聲叫道：「我實在有急事，你先起來，我給你解釋。」

老頭子居然不再作聲了，像拿定了主意不再理我。

我又急又氣，只有不停地猛敲他的窗戶，老頭子則相應不理。我越敲越用力，直到嘩啦一聲，整扇玻璃叫我敲碎了，碎玻璃落了老頭子一身，這時候他才不能不起來了。

老頭子一站起來就大聲喝問：「你要做什麼？」

「我要車！」我也大聲回道：「打碎了你的玻璃，我明天賠！」

老頭子也不回聲，拿起電話就撥。

我以爲他終於撥電話替我叫車了，還站在那裏傻等。誰知撥通電話後，我聽他說的却是：「警察，快來！快來！有强盜搶錢啦！墨西哥公園計程車站，緊急啦！」

我一想，不對呀！要是警察來了，我有理說不清，一糾纏，豈不耽誤了要事？安妮還在家中焦急地等我上醫院呢！

我回身就跑。正巧看見一部汽車開來，我擺手攔下了。當然在這種時候，開車的人可以不理我。可是我運氣眞不錯，他居然停下了，搖下窗玻璃來問我什麼事。

我坦白地告訴他，有孕婦等着上醫院，叫不到計程車，能不能痲煩他一下。我的西班牙語本來就不成，不知爲什麼到了重要關頭却總有辦法表達淸楚。除了語言以外，我會手勢表情一齊來，不怕具有某些通性的人類不懂！

開車的人立刻說：「上來！上來！」車門一開，我一頭就鑽了進去。這時候已經遠遠地聽見警車的哨音。

開車的人問道：「這裏發生了什麼事嗎？」

「好像有強盜搶錢呢！」我說。

於是我們就在警車的哨聲中開走了。

由於這位好心人，安妮準時地到達醫院。

又過了三個小時，我就在護士的手中看到了一個紅紅的頭大臉皺的嬰兒，那就是伊夫了。我心裏想：這個小傢伙也蠻有運氣的，要是我給警察當作江洋大盜抓到了，那……

原載民國七十四年十月二日《聯合報》副刊

學車記

我正式學開車是到了墨西哥以後才開始的。

在法國住了七年，沒開過車。前三年是拿獎學金生活的留學生，自然買不起車；後四年雖然有了正常的收入，但看見法國人開車的那股野勁兒，就覺得還是不必跟這些野人一起撒野來得好。我的法國親友在公路上開起車來，動輒每小時一百二十公里，讓我這個坐車的人都覺發毛，甭說自己開了！

墨西哥呢？開車亂七八糟，跟臺北不相上下，看着雖叫人心煩，可是速度並不快；就是撞了車，像法國那種把車整個撞扁了的機會不大。阿爾伯•卡繆若不是法國人，大概不至於一撞就死！所以墨西哥的車禍雖多，死亡率却不大。看倌，你也不要就此認爲我是貪生怕死之徒，我以後累累撞車，而且撞得非常勇敢！我在法國之所以不曾開車，倒也並不全是爲了怕死，主要的是因爲巴黎的地鐵四通八達，有兩條腿比四隻輪子更方便；有了四隻輪子，反要產生不知何處擺的問題。墨西哥城因爲沒有地鐵，光靠兩條腿就難了，因此才生出了學車的念頭。

其實說起來，我以前也並非沒學過開車。十幾歲的時候，已經暗中央親戚的司機讓我偷偷開開。司機拗不過我，也讓我偷開過幾次。直到有一次，我開的車緊跟着兩個行人溜了一百多公尺，司機才不敢讓我再沾駕駛盤。也不知怎麼回事，心裏一發毛，手脚都不聽使喚，竟扭不轉駕駛盤來，把兩個原來邁方步的路人驚得兎子似地飛竄起來。我自己也怕了，不敢再開。第二次學開車，是在臺北農教電影公司接受演員訓練的時候。那時我已是二十來歲的大學生，算達到了法定開車的年齡。本想認眞學一學，誰知我認眞，電影公司不認眞。弄了一部車，叫我們男男女女十來個人開，每次摸到駕駛盤的機會沒有幾分鐘。坐在駕駛盤後裝模作樣地拍拍照還可以，眞正把汽車發動起來，開上馬路，可誰也不敢。就這樣，電影公司已經十分滿意了，覺得我們已足够有本事拍飛車的鏡頭啦！幸虧以後電影也沒拍成，免了出醜！

還有一次就是大學畢業後，白白錯過了學習駕車的良機。那一年必經的預備軍官訓練，先在鳳山接受三個月的入伍訓，以後就是分組訓練。我本來分發到臺北的政工幹校，那時節為了心理上厭惡臺北，甘願跟分發到外地的同學交換。先來一個臺南炮校的要跟我換，我一口答應了。後來了一個分到輜汽的也要跟我換，我好生後悔，因為到了輜汽，至少可以學會開車。但既已答應了炮校的，不便食言，只好望輜汽而興嘆。到了臺南炮校，我們也都要求學開車，不巧正好前期有位預官學開車差點兒撞死人，炮校當局不願再冒險，因而作罷。所以在炮校八個月，雖然學了一身打炮的本領，汽車卻仍不會開！

我在墨西哥學開車，是正式繳了費進駕駛學校有模有樣學的。先從理論解析開始，因此我對汽車零件的知識都是西班牙文的，中文的、英文的都不會。好在現在也全忘光了，不用再煩心！學會了理論以後，是利用螢光幕的模擬駕駛和反應練習。反正知道螢光幕上的大馬路是假的，開到每小時一百五十公里也不怕。那位教授駕駛的老師挺熱心，常常對我加意指導，使我自覺進步神速。我的反應也很快，差不多是全班之冠，因此奠定了我對駕車的信心。最後，終於以雙駕駛座的練習車上了大街和公路。一切都很順利，從沒有出過岔子。老師對我獎勵有加，兩星期後，光榮結業。

既然已經出師，下一步就是考駕駛執照和買車了。當然應該先拿了駕駛執照，然後買車，才開得回來。我的墨西哥同事告訴我，考執照不太容易，不如花錢買一個來得乾脆，也不過五十披索而已，所費實在不多。那時我哪裏肯聽！覺得自己的駕駛技術，不是第一流嚒，也滿呱呱叫，豈能做這種自貶身價的枉法之事！恰好我有一個美國學生，名叫約翰•佩芝，雖是我的學生，可比我大了幾歲，是個百事通，對我相當照顧，自願把他的新車借我練習。我以爲只要好好練一天，考取駕照一定不成問題。於是跟約翰約定了時間，前去開他的新車。約翰爲人挺仔細，說車庫前的路不直，不如他先把車開出來再交給我。

我說：「那有什麼？車庫前不是這麼幾個牆角？只要把方向盤這麼一扭，那麼一扭，不就過來了嗎？行！看我的！」

我一席話把約翰說得啞口無言。於是我們一起上了車，自然我手執駕駛盤。到了牆角那裏，我這麼一扭，那麼一扭，崩地一聲恰恰撞在牆角上！約翰趕緊伸過腳來替我踩煞車，要不然車還一直往前撞呢！

我們下車一看，約翰的車直冒白汽。

我說：「眞糟糕，把牆撞壞啦！」

「媽的，我管他的牆！」約翰白着臉說：「我的新車呀！」

「抱歉！」我說：「我先看到牆，後才看到車！」

一瞬間，約翰忽然意會過來，跟老師發脾氣有點不像話，不然我一生氣，他的碩士學位今年甭想拿啦！於是立刻又紅了臉說：「沒關係，沒關係啦！反正是保了險的！車冒着白汽，也許還可以開，咱們就開始練習吧！」

如此這般，用約翰破了的新車練了一會兒，看見約翰齜牙裂嘴的樣子，我已沒有心情練下去，就把車交還了他，答應任何保險以外的損失都由我來負擔。以後約翰說他沒有自己花錢，我自然也免了賠償損失。

提起約翰，也算是個奇人，本幹得好好的記者，又兼複製芝廊街電視片的西班牙文版，很賺了一筆，突然轉行學中國文學，在墨西哥學院跟我上了兩年課。後來跟太太離了婚，回到哈佛唸博士，沒唸完就又回墨西哥教書。現在已做了多年的中國文學教授了。此是後話。

且說撞了約翰的新車以後，把我本來十分充沛的信心，也給撞毀了一半，覺得自己的反應似乎不如意想中的那麼美好。如不肯花五十披索，可不一定保準考得取駕駛執照哩！借朋友的車練習，再撞了，多不好意思！於是改變主意，先買車練習，等練好了再考駕照，橫豎聽說在墨西哥城無照駕駛的人正多。雖然朋友又再勸我不如買個駕照算啦，可是我這個人滿倔強的，我的邏輯是：如果我考不取執照，就表示我的駕駛技術不夠水準；如果我自知不夠水準，又怎會有信心開車？結論是：考不取駕照，絕不開車！

主意拿定，第二天就去買了一輛二手貨的雷諾。自己沒敢開回來，麻煩賣車的人替我開到門口。我盤算，每天早一點起來，先在墨西哥公園四周練習，這一帶早上車輛稀少，不會有什麼危險！第二天五點就起床，洗一個臉，吃了早飯，很興奮地下樓去開我的雷諾。六點不到，旭日方升，空氣非常清新。公園中除了鳥雀的叫聲外還相當寂靜，只有寥寥幾個早起散步的人，街上車輛的確很少。我發動了引擎，鬆下手煞車，很篤定地把住方向盤，輕而易舉地就把車開上了街中心。然後就圍着墨西哥公園兜圈子。一圈，兩圈，都很順利。到了第三圈，斜刺裏忽然穿出一輛汽車來，這可要看我的反應了。我當時本想急駛而過，不知怎麼忽想到交通規則上說：「兩路相交，右手的先行。」這輛車本在我的右手嘛，應該讓它先過才是。於是又煞了煞車，那部車會意先過了，不幸我並沒有完全停住，只聽砰的一聲，撞上了人家的車尾。

兩人下車察看，人家的是美國道奇，非常結實，雖然叫我撞了一下，不過在車尾上撞了兩條凹痕。我的法國雷諾，一點也不結實，車頭早癟了好大一塊。

那人倒很禮貌地問：「你先生保險了沒？」

「沒有！」我說，很乾脆。

「那你得自己賠，是你撞我，你的錯！」

「這我知道！」我心中希望快賠快了，免得來了警察，判一個無照駕駛，可就賠大發了。「賠多少？」我問。

「至少兩百披索！」那人說。

「不多！」我說着立刻點出兩百披索給他。我呢，好生喪氣地把車開回家去，也無心再練了。事後又花了一千多披索的修車費。好在我的駕照考試是一舉中的，算爲這兩次撞車帶來了一些心理補償。

我從無照撞車開了頭，以後累累撞車，成了家常便飯。欲知撞車後事，且聽下文「撞車記」中分解。

原載民國七十四年九月十七日《聯合報》副刊

撞車記

我在墨西哥開車五年，撞車至少八次，不是我撞人家，就是人家撞我。後來到了加拿大，七年中只撞了兩次，都是我撞的，因爲加拿大人實在客氣，趕着撞也撞不上。有一次因開車出神之故，闖了紅燈，兩邊綠燈的車居然戛然而止，讓我橫闖而過，並沒人撞我。要是擱在墨西哥，早把我撞一個稀糊爛。那撞上的兩次，一次是正趕上紅燈，前邊的車跑不掉，非讓我撞上不可！撞碎了人家的尾燈，賠了四塊錢，這是對方說了半天不要緊後很客氣地開的價。另一次也是撞上了正停下的車，所以人家也跑不了。幸虧只擦了一條線，因爲距離沒看準。開車的一位女士也很客氣，只記下了我的電話號碼，說是並不要我賠，只是爲了好玩。我不知道這有什麼好玩的。以後也沒接到電話，想是保險公司賠了。經過這兩次事件以後，我深深自責不該把墨西哥的壞習慣帶到加拿大來，以後學會了加拿大人的客氣禮貌，也就不便再撞了。

說起撞車來，可說其來有自。在沒開車以前，早就有撞自行車的經驗。也許我的膽本來就够大，還沒十分熟練的時候，就上了大街。我開始騎自行車，是小時候在濟南上中學時。我所上的一臨中在普利門外，家却住在南關黑虎泉附近的司里街。騎車都得要半小時，不騎車簡直沒有其他辦法到學校去。幸虧那時候汽車不多，要撞只能撞洋車。撞了也得要賠錢，大概只撞過兩次。自己摔倒的次數倒不少，因爲濟南的石板路多半翹了邊，碰到翹邊的石板撥不上去，就會連人帶車一齊倒。有一次前車軸摔斷，斷口處只包了薄薄一層鐵皮，居然騎到學校才發現，好險！印象最深的一次是撞警察，好像是在院前街。雖然汽車半天不見一輛，丁字路口却有個警察在裝模作樣地指揮交通。爲了躲避一輛洋車，路線偏到街中央，正對着指揮交通的警察直衝而去。警察明明看見我的車子朝他衝過去，也不躲，大概以爲我不敢撞他。他哪裏知道我那時還是生手，一害了怕，就會忘了蹬，也忘了煞，一心只怕車子倒下，只好抓緊了車把隨波逐流。我是說撞就撞，毫不含糊！當然撞了指揮交通的警察可不是小事，我雖然連說對不起，警察也不饒我。警察白着臉，指着我的鼻子說：「你等下！」交通也不指揮啦，慢條斯理地捲褲腿，褪襪子，一看果眞擦破了一層皮。這可不得了啦！警察非要把我連人帶車扣下不可。我一心急着上學，趕不上升旗，要吃教官的排頭，事體更大！圍觀的人看我是小孩子，都叫我給警察鞠躬。我那時候脾氣十分倔强，道歉可以，鞠躬可一定不肯，覺得有傷尊嚴；何況數年前被迫給日本皇軍鞠躬的記憶猶新。「小孩子嘛！鞠個躬算了！」路人都這麼說。這句話到如今在我心中還是一條傷痕。我永遠不能原諒我們同胞這種藐視兒童的態度！畢竟躬是沒有鞠，警察見圍觀的人越來越多，也只好放了我。

還有一次撞自行車，是人家撞我，結果仍是我倒楣。那是在臺北師大唸研究所的時候。身上揣了二十塊臺幣，想到寶宮去看電影，誰知剛騎到金華街口，忽然車子輕輕一震，回頭一看，有一輛自行車在我車後倒下去。那人的車也不知爛到什麼程度，在我的車後輪不過輕輕一觸，居然把前輪撞掉了。是他撞我，他撞掉了前輪按理也不是我的錯，無奈我國人素不講對錯，全看誰的勢頭大。那人是一大幫下班的工人之一，他們人多勢衆，沒理也有理。爲了不吃眼前虧，我只好提議上警局，誰知到了警局，我們的警察也欺軟怕硬，並不主張正義，硬派我的不是，我只好賠出了身上僅有的二十塊錢了事。

既有這麼多光榮的撞自行車紀錄，不撞汽車怎麼對得起過去的輝煌史迹？甚至在墨西哥撞的那八次車，除了練車時撞的那兩次是我主動外，其他都是被動的，可見墨西哥人比我的本事更大！

一般撞車不外下列幾個原因：不守交通規則、駕駛心神不屬或喝醉酒、生手上路無照駕駛、爭路先行無故超車。在墨西哥，雖有交通規則，倒像沒有一樣，橫豎大家都是亂開。如果全部亂開也許反不會撞車，怕只怕其中有幾部照規矩開的，亂了亂開的秩序。酒醉開車當然是大忌，但在墨西哥街頭，眼看那種亂七八糟的陣仗，自會酒不醉人人自醉，也只能像在遊樂場裏開那種互撞的電動車一樣，豁出去撞吧！

我說除了考駕照前撞的兩次車及以後在加拿大那兩小次不能眞算撞車的以外，都是人家撞我的，可見我的駕駛技術不能算差。但我的技術只能好歹維持不去撞人，還沒爐火純青到不使人撞我的地步。何況人要立意撞你，逃也逃不掉！就像有個酒鬼，夜裏竟把我停在街上的車撞爛。最可怕的是計程車司機，要是開的是公司的車，撞了也不心疼。我的車有好幾次就是給計程車撞的。被計程車撞了，甭指望有人賠錢。他撞了你以後，如果自己的引擎沒有撞壞，就停也不停，逃之夭夭，叫你無處申訴。

撞車倒不一定是因爲開快車，該快而慢也挺危險。有一次伊莎放學，我接她回家，車中還順便帶了伊莎的一個小朋友。有兩個寶貝在車中，不能不使我分外小心。正因爲太小心了，看見前邊的燈號要變，本該衝過去的，結果慢了下來，給後邊搶渡的車撞上。雖是人撞我，却多少是我的錯，只能自認倒楣。再加撞我的是計程車，誰撞誰賠的那條格律竟不能通行。這是該快而慢的結果。另有一次，大家開得像蝸牛一般，竟也硬給人撞上。那次錯在我以爲瞭解墨西哥人，其實還並不完全瞭解。我本以爲墨西哥人絕不守交通規則，誰擠到前面，誰就先行。那次是在一個圓環中，所有的車輛都擠住，可以說寸步難行。大家都一寸寸地往前開，每個人的方向都不同，誰的車頭超前了一寸，別人非被迫放你先行不可，不然就撞上你的車子了。這就是我對墨西哥人只知其一，不知其二之處了。我很技巧地超前了一寸一部小貨車，心中很得意他非放我先行不可，不然他定要撞上我的車。誰知墨西哥人的厲害處就在這裏，他若拿定了主意不放你先行，就是撞上你也在所不惜！等車流一鬆動，我正想往前開，豈知小貨車也同時發動引擎，朝另一個方向開，自然恰恰撞上了我的車頭，撞得又慢又準。車頭立時扁了一塊。按照交通規則，這次我絕對有理。招來了警察，也說是小貨車的過錯。不過警察說啦，司機沒錢，要賠償得召來老闆才能談判。我心下一想，這樣豈不要消耗我一天的時間？墨西哥人有的就是時間，我可沒有那麼大工夫跟他們耗，又只好自認倒楣算了！

我開車之初，已經受到墨西哥朋友的忠告，如果撞了車，千萬不要跟人爭論，墨西哥多的是不法亡命之徒，就像美國西部片中一樣，有時候走下車來，無緣無故砰砰就是兩槍，血流五步的事屢見不鮮。墨西哥不禁私人武器，携槍執械的人很多，這種砰砰的事報上也常常登載。當然我自己沒碰到過，要是碰到過，現在也寫不成這篇文章了。不過有一次，倒也叫我領教了墨西哥人的英雄本色。那次我開到一條小街中，突見當街停了一輛車阻住了我的去路。自己立刻煞車，我想前邊開車的人一定在後視鏡中看到了我，所以連喇叭也沒按，停下車來耐心地靜候，表現出一派富有文化的優雅氣度。誰想這位老兄，不知如何昏了頭，該朝前開的，却向後倒，而且速度甚猛，只聽通的一聲就撞在我的車頭上。我們同時走下車來。我既然佔了絕對的理，心想今天可逮住一個賠錢的，於是輕鬆優雅地問道：

「老兄，你有保險沒有？」

「沒有！」答得很乾脆。

「你看，我這車頭無緣無故叫你先生給撞個洞，你看該怎麼辦呢？」

「怎麼辦？你的意思是要我賠償？」說話的人像座黑塔，肚子一挺像一面鼓。

「是你撞我，你的錯！」我的嘴仍然很硬。

「我沒錢，車裏倒有一隻砰砰，你要不要？」黑塔叉開拇指和食指瞄着我的鼻子說。

「啊？你……」我心裏嘀咕，不知他說的是否眞話。但瞧這半截黑塔，不是亡命之徒，就是退休的警察。心裏一盤算，我這條命總比這部車值錢，我這部車總比車上那個洞值錢，於是接口道：「我是說你老兄請便吧！」

黑塔啐了一口，罵道：「這些外國佬，眞不知死活！」罵完了就上車，揚長而去。我又得乾瞪眼，自認倒楣。沒辦法，撞了人家，次次賠；人家撞了，除了那次半夜撞車的酒鬼叫我的鄰居逮到以外，一次也沒賠過。

看看我那部雷諾，眞是遍體鱗傷，不管如何修補，仍覺慘不忍睹。我也不想換車，換一部好的，仍不免挨撞。不如就豁出這一部去，什麼時候撞爛了，什麼時候丟進汽車垃圾。好在墨西哥的汽車珍貴，不管多麼破的汽車，墨西哥人都有本事修修補補，開上街去。反正也沒有什麼污染法規，大家都有充分的自由在大街上放廢氣！撞爛了的汽車，在別的國家得貼錢雇人運到汽車墳場；在墨西哥却可以當零件賣，一個小螺絲釘都有人撿着，絕不會浪費！所以我那部雷諾，在受了五年虐待折磨以後，離開墨西哥的時候，還輕輕易易地賣了三千披索！

原載民國七十四年十一月十日《聯合報》副刊

莫里那

我初到墨西哥學院東方研究所任教的時候，實在是爲墨西哥，甚至可以說爲拉丁美洲國家的中國研究做奠基的工作。那時候墨西哥學院的東方研究所剛成立不久，包括中國、日本和印度三個地區的研究，是中南美西班牙語系國家唯一的一個東方研究所，也是唯一可以修中國研究高級學位（包括碩士和博士）的地方。有好些學生是從美國和南美來的。直到三年後，我們第一屆的學生拿到學位，才有一個阿根廷的學生在阿根廷首都的一所大學創立了另一個中國研究中心。現在聽說葡語系的巴西和其他西語系的大學也有正式增加中文課程的了。

比起美國和西歐來，拉丁美洲的中國研究可說是非常落後了。這些國家與中國之隔絕，很可能是由於中國同西班牙從沒有發生過密切的關係。中國人會西班牙文的很少，西班牙人學中文的更是絕無僅有。西班牙文有關中國或中文的書籍，多半是英、法文轉譯而來的二手資料，應用西班牙文的中南美洲國家自然也就難以獲得認識中國的第一手資料了。加以地理距離遙遠，又素少商業往還，因此似乎始終不曾感到有接觸中國、瞭解中國的迫切需要。

墨西哥之所以首先創立了東方研究所，大概有幾個原因是當時其他中南美洲國家不一定具有的。第一、墨西哥是美國的近鄰。美國的東方研究在二次大戰後日盛一日，墨西哥不能不首先感受到影響。第二、墨西哥名義上是革命黨當政，在政策上行的雖然是資本主義，但在意識型態上並不排除社會革命，因此墨西哥是當日中南美洲國家唯一對古巴表同情的國家。蘇聯和中共在墨京都設有書店一類的宣傳機構，對長期動亂的中國自然興趣日增。第三、墨西哥是拉丁美洲政局最穩定的國家，雖然是一黨獨大，可是總統不能連任，六年期滿一定改選，迄無例外。第四、五六十年代的幾任總統相當幹練，社會安定，經濟繁榮。由於以上幾種原因，才使墨西哥有這種意願，也有這種經濟能力成立這一類並不十分急需的純學術研究機構。

在我任教的頭兩年，學生極少，大概不到十個人。除了幾個美國學生外，其他全是南美各國保送來的，墨西哥學生反倒一個也沒有。這足見那時候墨西哥本土的大學生對中國缺乏認識，也毫無興趣。本來我上任以前，原有一位墨西哥的猶太女學生，想在墨西哥學院東方研究所修習中文，但因那時課程不完備，只好到美國和臺灣各學習一年後轉到我現在任教的倫敦大學亞非學院來修習高等學位。因此我那時開始認眞做的幾件事是：建立正規化的語文課程、設立中國現代文學選讀、中國古典文學概論及中國思想史的課程，成立中國文學翻譯小組，積極鼓勵培養墨西哥本土的中國研究人才。當時我是東方研究所負責中文部門的唯一教授，只用了兩三個助教幫助語文教學，其他都得一手包辦，因此跟學生接觸的機會很多。非中文部的學生也認識不少，莫里那就是其中之一。

莫里那是眞正的墨西哥人，皮膚是棕黃色的。如果也算他是 Mestizo，看來他只有四分之一的西班牙血統，却流着四分之三印地安人的血。莫里那是學希伯來文的學生，屬於學院中另一部分，拉丁文很有基礎，說得一口非常流利的法語。在我西班牙語不靈光的情形下，我跟莫里那就毫無語言隔膜，因此顯得特別親切。那時候莫里那拿到以色列一所大學的獎學金，苦於以阿戰爭，遲遲不能啓程。在他等得無聊的時候，常來找我閒談，我就介紹他讀一些中國文學的英法翻譯。他最有興趣的是唐詩，他說他早就讀過英法的譯文。不久就開始從法文轉譯了幾首李白的詩，求我解釋中文的原意，以作修正之用。我看他這麼用功，人又聰明，對中國文學好像越來越有興趣的樣子，適巧我正處心積慮地在吸收墨西哥本土的學生，就向他提議何不改習中文。他當時根本就沒有想到這種可能，他已經學習了兩年的希伯來文，再一年就可以拿到碩士學位了，如果改習中文，還要從頭開始，等於浪費兩年的光陰。我見他人實在聰慧，學習語言的能力很強，就說我可以幫他課外補習，保證他在兩年中修完三年的中文課程。這樣他不過多唸一年而已，不然，不知什麼時候才去得成以色列？這樣白白苦等，時光也一樣地流逝，一年很容易就過了。他聽了我的話覺得有理，終於決定轉習中文，唯一的障礙是學制上的問題。我說這個問題由我來解決。我跟院長和所主任說，我認爲莫里那是個可造之才，是墨西哥未來中國研究的希望，應該突破學制上的障礙，把莫里那作個案來處理。好在墨西哥學院的主權很大，不必呈報教育部，否則在墨西哥那種官僚橫行的國家，勢難成功。在很短的時間內我就爲莫里那辦妥了轉系的手續。莫里那不必去以色列了，整個的人生路向竟如此意外地完全改變，他一時很覺興奮。我自己因爲爭取到這麼好的一個學生，心中也着實得意。

莫里那雖然沉靜而聰慧，我總覺得他有幾分憂鬱的氣質。他一向都穿黑白兩色的衣服，頗像一個神父。有一次我跟他開玩笑，問他是不是想做神父？他竟回答說是。可是自從他轉學了中文，竟發生了相當意外的變化，他開始穿着跟他年齡相當的花色衣服了，神情也日漸開朗。所中其他的老師也感到了這種變化，大家都爲莫里那高興。

那時候我問他對中國詩這麼有興趣，怎麼以前沒想到學中文？

他回答說：「以前我想中國人都是拖一條豬尾巴的綠臉怪物！」

「呀？」我詫異道：「中國人的臉是綠的嗎？」

「也有黃的，但多半黃裏透綠。小矮個，三角眼，總斜着眼看人，一肚子壞水！」

「中國人是這樣的嗎？」

「是啊！我小時候看的連環圖畫和電影裏的中國人都是這個樣子！」

我恍然大悟說：「墨西哥離好萊塢太近了！怪不得墨西哥人都不肯學中文哩！」

莫里那笑道：「直到見了你以後，我才覺得中國人跟我們也差不多！大概不都是綠臉的！」

我特為莫里那訂了個學習進度，有些課他可以跟其他中文部的學生一起上，有些課他自己自修或跟我課外補習研討。半年以後，莫里那的中國語文程度已經趕過了其他學了一年多的學生，足以證明我原來的眼光不差。

下一個暑假我們全家乘到墨西哥北方旅行之便，到莫雷列（Morelia）拜訪了莫里那的家人。原來莫里那幼年喪父，只有一個寡母和一個姊姊同居。那晚在莫家花園中的藤蘿架下，品着莫里那的母親特意準備的一種噴着香味的印地安的草茶，我和莫里那擬定了一系列的工作計畫。等他碩士學位一修完，在繼續修博士學位的時候，我們就可以聯手做一些翻譯的工作。先從唐詩和唐人小說開始，預備在二十年中翻譯一系列的古典和現代中國文學的作品，爲西班牙文的中國文學奠立一種範本。我那時心中爲這種雖說朦朧却也十分具體的未來事業感到無限欣悅。我感到莫里那那時也有同樣的感覺。

然而就在回到墨西哥京城不久，莫里那忽然有一天在上課時抱怨頭痛，又說有視覺錯移的現象。我這個對醫學完全外行的人，只有催促他快去看醫生。誰知一檢查，竟是……我的天！……竟是不治的血癌！

爲了謹愼起見，醫生先打電話通知了我們所主任。我是第二個知道這個消息的人。我們立刻把莫里那送進了醫院，也馬上把眞相通知了他的母親，可是沒有告訴莫里那本人。因爲醫生說百分之九十五是沒救的了，何苦讓他在臨去以前再擔負這一份焦慮與憂愁呢？

一住進醫院，當時唯一碰碰運氣的治療方式就是換血，一邊抽，一邊輸。做這樣的手術時，我不知道莫里那是否已懷疑到他自己的病症。但他表現得一直很鎭定，臉上雖然又罩上了一抹憂鬱的陰影，但絕不像恐懼。他仍然對我說：「等我病一好，我們馬上就開始唐詩的翻譯工作。」我握着他的手，不爭氣的眼淚已忍不住紛紛地落下來。

莫里那反倒安慰我說：「別難過，這種病並不是不治之症！還有那麼多工作等我去做，我怎麼會死呢？」

我不知道莫里那到底是否猜到了他自己患的是什麼病，我也不知道醫生是怎麼對他解說的。我明明知道死神已經貼在他的背上，仍不能不抱着一絲絲渺茫的希望。

我每天都到醫院去陪他一會兒，見他母親睜着一雙掩飾不了的悲哀的眼睛無助地坐在病室外的走廊裏，我們竟也無話可說。到了第四天，莫里那就在夜裏過世了。清晨一早接到電話，趕到醫院去，看到的只是一張沒有任何表情的平靜的臉了。

我所以終於離開了墨西哥，自己知道與莫里那的死大有關係。莫里那就好像我精心培植的一棵有生命的樹，我每天勤懇地澆水施肥，盼望有一天會開出艷麗的花朵和豐盛的果實來，可是一日間竟這麼突然地枯萎夭滅了。不是我沒有精力再重新培植一株起來，而是樹的種子是那樣的難得。像莫里那這樣的智慧之樹，是在以

mañana 成為行為標幟的懶散的墨西哥人中千不見一的。事實上我也沒見過第二個莫里那，再沒有第二個學生鼓起我那麼大的誨人的熱情來。學生的成就固然靠老師，老師的熱情却也要靠學生。只有在有人期望從你那裏無限獲取的時候，你才感到你原來是豐富的，你原來是一個不吝於給予的人！

莫里那對我來說，也好像是一種良好的鋼材。在我希望建一座溝通中西文化的橋樑的時候，他就是最堅强的支柱。他有潛力，有熱情，又有一種為事業獻身的宏願，在墨西哥人中眞是一個異數！缺了良好的鋼材，這座橋又如何建起呢？

如果莫里那未死，我現在的生活和研究工作都會是另一種面貌，我知道。

原載民國七十四年十二月三十日《聯合報》副刊

奧達小姐

由於二次大戰期間身受日本人的欺凌，要我去喜歡日本人或主動地去跟日本人交朋友，恐怕是件難事。我幾次路經東京，過門而不入，恐怕跟這種心境也有些關係。最有意思的是莫若我幼年本是在强制下學過日文的，雖沒有學好，但粗淺的日文可以懂得。抗戰一勝利，一高興，當眞把日文書都丟進茅厠坑裏去了，而且決心忘掉日文，結果眞正成功地被我忘掉了。後來聽人說日文，恍惚間發覺怎麼我也懂得？內心裏對自己很不以爲然，把心一橫，不懂！以後果然也就不懂了。一個人的意志力竟會產生如此大的功效！後來唸研究所時必須要在英文外選修另一種外國語文，我的同學們多半選日文，我偏偏選那時我一點也不熟悉的法文。

我幼年時對日本人的敵意，與其說是親自體驗到日本人的兇殘，不如說是來自日本人佔領華北所遭受的屈辱感和閱讀反日宣傳品的結果。我個別接觸到的日本人，實在說，不但未顯出兇殘的面貌，而且是相當和善有禮的。我五、六歲的時候，跟鄰家的孩子不知怎麼跑進了日本的兵營，幾個日本兵對我們非常友善，還拿糖給我們吃。回家後叫我母親好罵了一頓，說是日本人的糖裏有毒藥，專門毒害中國小孩，萬不可吃的。並且警告我不可接近日本人，我們是抗日家庭，應該懂得大是大非。

我自幼受這種仇日的教育，因此身不由己地恨起日本來。每逢碰到日本人，我總是有意躲他遠遠的。直到在法國時碰到一位東京大學的年輕講師，這種僵局才漸漸地打破。我們是在一次國際青年會議上碰面的，這位日本青年對我可說是曲意奉承，我躲也躲不掉他，他跟定了我，一意要跟我交朋友。當然我把我對日本人的惡感毫無保留地告訴了他，誰知他一力爲日本的軍國主義道歉，盡力推崇中國的偉大。他的努力居然多少改變了些我對日本人的觀感。

到了墨西哥以後，墨西哥學院東方研究所中當然也有日文部。有位阿根廷出生的日本教授，來旁聽我的「中國古代思想」。當時這門課是用法文講的，他來了幾次就不來了，原來他的法文不靈光，連說話也不會，是東方研究所同事中唯一不通法文的教授。後來他終於離開了墨西哥學院，才使東方研究所幾乎成了清一色的法語天下。

另一位日本同事，是墨西哥出生的，除了教日文以外，還兼任研究所的秘書，就是我要講的奧達小姐了。

我要如何來形容奧達小姐呢？她應該是具有所有男人所可想像到的女人的內在優點的那種女人。她對任何人都採取一種謙恭有禮的態度，絕對沒有一分驕氣或嬌氣。她的面部總帶着微笑，好像從沒有懊惱生氣的時光。她盡力幫助別人做事，而且從不怕麻煩或表示厭煩的態度。她看人的眼光和說話的語氣十分眞誠，使人覺得她絕對的言行一致，不具任何城府。像這樣一個優秀的女孩，年近三十，而仍然獨身，你不覺得奇怪嗎？

主要的原因恐怕就是男人的不識抬舉了。不管多麼有脾氣的小姐，只要人長得漂亮，身後總跟定幾個男人。不管多麼好脾氣的女性，要是欠缺姿色，所有的男人都轉過背去。所以男人天生有被虐狂的傾向，同時又是好色之徒。奧達小姐不幸的是屬於好脾氣而欠缺姿色的那一類，抓不住這些生性虛榮的男人的心！

要說奧達小姐長得多麼難看，也未免有欠公道，但是無論如何說不出奧達小姐有什麼漂亮之點。臉盤太圓太大，鼻子太扁，都可以說是缺點。但最大的缺點是身材太矮，高不過五尺，想想看，有點像白雪公主中小矮人的樣子。但她又不是侏儒，要是侏儒倒可以引人同情了。唯一好看的是奧達小姐長了一對靈活閃光的眼睛，使人一見就覺得是一個聰明的女孩。除了這一對好眼睛，就是奧達小姐從不穿奇裝異服，也不會邋邋遢遢，每天都打扮得整整齊齊、乾乾淨淨，使人整個的印象是一個整齊舒貼的人。這恐怕正是奧達小姐聰明之處。

奧達小姐在所裏的地位，主要的是秘書，實際上是給大家打雜。誰有什麼麻煩事都會交給奧達小姐去做，奧達小姐不但不煩，而且常常主動地替人做事。譬如我考駕駛執照的時候，奧達小姐就提議去替我買一個。她說：「只要五十披索啦，何苦去受那種罪呢？」我沒有接受她的好意，主要的是要維持自己對駕駛技術的信心。我們所中開起會來，送茶倒水的也是奧達。其實這種事本有校工去做，她來做完全是出於她待人的熱心。她本來是我們所主任的學生，因爲具有東方人尊師的心理，所以把我們大家都尊進去了。除了老師外，學生的雜務也是由奧達小姐處理的。

像奧達小姐這樣的一個人，自然是很討人喜歡的，使我們大家都感覺到她是我們研究所中不可或缺的一把手。甚至於在所主任請假時，她也可以代理所主任的日常工作，而從不露一絲驕色。

這樣可愛的一個人，却恰恰是一個我不太喜歡的日本人！中國人能力强的也有，態度謙和的也有，喜歡助人的也有，但把這許多優點集於一身的，我似乎還沒有遇見過，因此不得不使我重新修正對日本人的印象了。怎麼大家常以爲的兇殘成性的日本人中也會產生這樣善良的人呢？驕傲跋扈的日本軍國主義的文化怎會薰陶得出如此謙和的態度呢？我不十分瞭解！

奧達小姐畢竟是一個年輕的女人，她的聰明使她對自己的先天條件頗有自知之明，但心中總不能不洋溢着一些對異性的情意。有一次我們所中的同仁集體到美國參加東方學會議，在密西根大學開過會之後，地主很慷慨地招待我們去華盛頓和紐約玩了幾天。在紐約的時候，有一晚奧達小姐忽然要請我去吃日本料理。我發現除了我以外，還有以後出任駐中共大使的當時的墨西哥學院主任秘書奧瑪•馬爾提乃茲•雷高勒達。那時奧瑪還是未婚的光棍兒。到了料理店以後，奧達小姐才宣佈那天是奧瑪的生日。當然我心中立刻明瞭了奧達小姐的一番情意。奧瑪是學日文的，對奧達小姐本來就很接近，一向對她也很好，可是我心中總覺得奧瑪拿奧達當一個好朋友看待，而沒有多麼把她看成是一個女性。但是那晚由奧達小姐對奧瑪的眼神以及從飯館裏出來時奧達小姐把她的左右手同時揷入我們兩個男人的臂膀裏，在我這邊不過是禮貌地掛搭着，在奧瑪那邊的一隻手，我注意到，却十分地有情的這種情況看來，奧達小姐似乎是一個正在戀愛中的女人了。

但除了這一次以外，奧達小姐常常會使人忽略了她小姐的身分。只有一次引起了安妮的一點小誤會。我曾經應聯合國文教組織之邀，到中美六國的大學做過一次巡廻演講，回到墨西哥的時候，奧達小姐代表學院到機場去接我。我坐她的車子回到家以後，才發現安妮不在家，原來她也到機場去接我去了。等到安妮回來，知道了接我回來的是奧達小姐，而她自己不知道爲什麼陰錯陽差地走錯了門路，撲了一個空回來，那口氣的確是不易下嚥的。幸好奧達小姐的外表使人無可指摘，實在沒有足以引起安妮疑竇的理由。

後來奧瑪結婚，新娘是一個又漂亮、家世又顯赫的墨西哥女人。我們送給奧瑪的結婚禮物就是奧達小姐親手選購的。奧達小姐仍然臉上掛着和悅的笑容，但我猜想她心中的滋味兒一定不同。

有一次奧達小姐忽然請了一個星期的假，沒來上班，這是一向勤奮工作的奧達小姐罕有的事。大家心中都似乎惴惴不安起來，紛紛地彼此問訊：「奧達小姐呢？奧達小姐呢？」就如我們研究所少了奧達小姐簡直不成爲一個研究所了！過了幾天奧達小姐回來了，臉上仍掛着慣有的和悅的笑容，仍謙和熱心地爲大家做事。後來我才知道，那一星期奧達小姐請假，是因爲她哥哥撞車死亡了。奧達小姐是跟寡母、哥哥三人相依爲命的，這個打擊實在不小，可是在她的臉上竟不帶一絲悽容，也沒有向任何人訴說心中的悲苦。她實在是把和悅給了別人，把痛苦留給了自己，要多麼堅强的心胸來承擔如此的弘忍呢？

現在又過了十多年了，不知奧達小姐是否已經找到一個眞正能够欣賞她的優點

的有福氣的男人？

原載民國七十五年二月一日《聯合報》副刊

三個大使與一個公使

我所執敎的墨西哥學院，不但是墨西哥的超級學府，而且是墨西哥政府訓練高級行政人員的機構，後臺老闆就是墨西哥的財閥和當權的政要。也就因此之故，在一九六九年發生革命暴動事件的時候，我們學院也挨了一排機槍子彈。幸好暴動的革命黨只是爲了示威與洩忿，是在夜間無人時掃射的，除了穿透了朝街的玻璃門窗以外，並無人受到傷害。

我們東方研究所和國際關係研究所在同一層樓上。二者除了純學術研究之外，多少也跟政府的重要部門掛着鈎。我的辦公室就緊鄰着國際關係研究所所主任龔匝來茲的辦公室。我們時常在走廊上碰面。龔匝來茲高大的身材，四十來歲，却長了一張看來相當年輕的娃娃臉。幸虧戴了一付玳瑁邊的眼鏡，把年紀顯大了一些，不然看來相當嫩相。我剛到墨西哥的時候，不會說西班牙語。大家都知道我說法語，所以一般都用法語交談。正巧墨西哥學院的教職人員幾乎個個的法語都頂呱呱，使我獲得不少方便。也足見幾十年前在墨西哥本是第一外語的法文，現在雖被英文搶了先，但潛在的勢力還相當雄厚，特別是在知識分子間。不會法文的知識分子怎麼能算眞正有知識呢？當時墨西哥人就有這種看法。我既然法文說得還可以，那必定是相當有知識的了！所以一般同事們很願意跟我炫弄炫弄他們自己的法文，以便表示他們的知識也相當可觀！龔匝來茲也是常跟我談談法文的一個。但是我們交往的時間很短。不久他就來向我辭行，說是要到墨西哥駐莫斯科大使館去做事了。

我趕緊說：「恭喜你呀！必定是去做文化參事了？」

「不是！」他笑着搖搖頭說。

「那麼是秘書嗎？」

「也不是！」他又笑着搖搖頭說。

「我知道了，是公使！」我很自作聰明地說：「更要恭喜你啦！」

「也不是公使，」他終於說：「是大使！」

我倒眞是吃了一驚，他這麼年輕就可以做駐俄大使這麼重要的工作嗎？當然我不便把我的驚訝表現出來，只有再給他恭喜，祝他一路順風。

後來我才知道，墨西哥這個國家，倒是很能起用新人的。不久墨西哥與中共建交，第一任駐北京的大使竟是位三十來歲的年輕人。當時墨西哥的當政要員自然沒有來徵詢我的意見，否則我一定建議他們派一位白鬍子老頭兒去。嘴上連黑毛都沒有的人，以敬老尊賢爲尙的中國人怎麼會相信他？

這位新任駐北京的大使姓昂格牙諾，跟我一位相當有名氣的畫家朋友同姓，但並非一家。這位年輕伙子，雖然被任命爲駐北京大使，可是中文一句也不通，中國事兒一點也不懂，因此速成教育的責任就落在了當時在墨西哥唯一的中國通的我的頭上了。離上任只有三個月的時間，在這麼短促的時間中，我也不知道該用什麼良方妙計才可以把他塡成一隻可以上爐的肥鴨。除了昂格牙諾本人以外，還有他的太太——即未來的大使夫人——也要一同受訓。於是我爲他們安排了一個很緊湊的課程，至少要教會幾句禮貌的應酬話。但是一上課，我就知道不一定成功。新任大使的責任重大，行前會議特多，應酬也忙，排了課不見得能來上，常常是大使夫人一個人代表上課。大使本人卽使來了，不是顯得疲倦，就是精神特別旺盛，談興很濃，我們就東拉西扯談些不相干的話了。反正他們並不是我眞正的學生，我對他們無甚威嚴可施。到了結業典禮，我只希望他還記得「你好」和「謝謝」兩句就夠了！

這是我在墨西哥接觸到的第二位大使，眞是一位比一位年輕。第三位大使，是我離開墨西哥以後才知道的，那已是到了一九七五年了。我正住在香港，搜集社會學論文的資料。忽然接到一位朋友的電話說，新任駐北京的墨西哥大使經過香港，說是你的朋友，請你打一個電話去。誰呀？我趕緊打聽，原來竟是墨西哥學院的主任秘書馬爾提乃茲・雷高勒達，被委任爲繼昂格牙諾後的第二任墨西哥駐北京大使。這位老兄可是最熟不過了。我第一次到達墨西哥，到機場去接我的就是他。以後凡是遇到困難，像辦居留啦，請助教啦甚麼雜七雜八的事情我都要找他；而且他都辦得挺不錯，可見能力很强。只有兩次辦不通，兩次恰巧都跟外交部有關係。一次我想在臺北聘請一位助教，留法的老同學李鍾桂介紹了一位政大畢業的學生，但是費了九牛二虎之力竟辦不通他的簽證。後來我知道墨西哥非常排華，在移民法上有特別規定。第二因爲同樣的理由，我母親由法來墨的簽證也辦不出來，這位未來的大使當時竟也束手無策。因此我幾乎要辭職而去。後來由我們院長出面，直接打電話給墨西哥駐巴黎的大使，才破例地給我母親簽了證。

馬爾提乃茲・雷高勒達是學日文的，跟中國也沒有甚麼關係，竟也當上了駐北京大使。說來慚愧，在墨西哥五年多，我自己竟沒有培養出一位夠格的學中文的墨西哥學生。當然也是有原因的。第一，在當時中文部的學生中，不是北美人，就是南美人，墨西哥自己的人反倒非常少，因爲墨西哥人對中國幾乎沒有任何印象，不知道中文也是種可學的語言。第二，後來的幾個墨西哥學生年紀的確太輕，家世又不煊赫，在也是以人事關係爲重的墨西哥，重要的職位一時還輪不到他們。不過其中倒是有一位非常出色的墨西哥學生，可惜又不幸早逝，因此學日文的馬爾提乃茲・雷高勒達才在蜀中無大將的情形下被選了出來。

抱歉！我的意思不是說馬氏的能力不足以擔當大使之任，在我看來，至少他比第一任的昂格牙諾要老練多了，只是我覺得憑他所學，擔任駐日大使也許更爲合適。當然他這一任大使，使墨西哥學院中文部的同事都沾了光，不是到文化參事處掛一個名堂，就是成爲墨西哥大使館的特邀賓客，借機遊歷中國，增長自己的見聞。我那時候早已離開了墨西哥，這樣的便宜我却沒有撿到。

以上所提的這幾位大使，不是同事，就是臨時學生，在我眞正的學生中，倒也有幾位出頭的，不過他們都不是墨西哥人罷了。我以前提到的一位美國學生約翰•佩芝，後來擔任了墨西哥學院的教授，成就不錯了。另一位阿根廷的學生，回國後在阿根廷首都的一所大學創辦了南美的第一個中文系，擔任了第一任系主任。但不幸在軍人專政的那個階段，不喜歡知識分子，硬把他轟走，他只好遠走加拿大去當政治難民。我在溫城教書的時候，他曾來看過我，所以我知道這一些經過。還有一位阿根廷的學生，就是我這裏要談的了。他叫環，姓弗來姆，原來是一位派到臺灣的見習傳教士。事實上環已經受過了神學教育，預備要做神甫的。不幸，人長得太漂亮，看來就是拉丁情人那種模樣吧！一到臺灣，立刻就成了臺灣女孩圍獵的對象。當時這位預習和尚年紀太輕，功力尚淺，不久就墮入了一位臺灣女孩兒的愛情陷阱而無能自拔。這是前情。環來墨西哥學院進修碩士學位的時候，已經是攜家帶眷（一妻兩兒）之身。那時候阿根廷的政治環境很不安定，知識分子紛紛外逃。環想想除了繼續唸中文以外，也無他事可做。在美洲西班牙語系的國家中，墨西哥是唯一有中文研究所的地方，他也無所選擇。

弗來姆一家的來，對我的確是一大助力，因為環本人的中文已經說得不錯，所缺的只是文化和文學上的訓練。環的中國太太安吉拉，正好可以做我的助教，解決了我找助教的困難。他們的年紀跟我也相當接近，不久我們就成了很好的朋友，在課外也時相往還。

我自己比環先離開了墨西哥，他又多待了一年才畢業，以後數年也未通音訊。也是我在香港的那一年，因為自己不會說廣東話，來往的多是會國語的或會外文的。那一年我在香港的美國大學中心分用了一個辦公室，認識不少美國來的研究生。香港那個美國人的圈子大概也並不十分大，忽然有一天在辦公室中接到一通電話，對方說的一口流利的國語，但多少帶點洋味兒，我就知道大概不是純粹的中國人。對方要我猜是誰，我猜了幾次都不對，對方這才說：

「我是你的阿根廷朋友——環！記得嗎？」

我一聽大喜，馬上想起來了，趕緊說：「環・弗來姆嗎？」

「是啊！你的阿根廷朋友！啊，對不起，我的意思是說你的阿根廷學生！」

「學生不就是朋友嗎？我的學生都是我的朋友。我才不做那種怪物！」

「甚麼怪物？」

「就是好爲人師的那種怪物啊！」

「哈哈！我就是記得你這句話，才大膽地自稱是你的朋友。」

我們約好第二天在他的公司見面。原來環已經成了一家進出口公司的經理，專做中國大陸和美國進出口生意。環靠着一口流利的國語，在買賣上佔盡了便宜，已經發了一筆小財。環很慷慨地在一家豪華的餐館請了一頓豐盛的午餐。安吉拉也來了，依然相當標緻，歲月似乎忘懷了她。倒是環的臉上已顯風霜，也開始發胖，而不復有當日拉丁情人的丰容了。

我過去送過他們我的書，所以安吉拉總自稱是我忠實的讀者。其實比起看書來，安吉拉更喜歡看電影，是一個影迷。聽說我認識些電影界人士，就請我介紹幾位。其實我到香港不久，認識的人有限，好像連胡金銓還不曾認識。

那時候他們正有一個難題，希望我替他們出出主意。就是阿根廷政府想徵召環出任阿根廷駐北京使館的第一秘書。環頗為心動，但又有些捨不得他的正很興旺的生意。安吉拉也為她自己的臺灣背景和父親正做着國民政府的官而忐忑不安，怕去了遭受扣留。其實她早已是阿根廷公民，這種疑慮倒是多餘的，最大的問題恐怕還是在官商之間的抉擇。對這樣的事我自然也無法提出聰明的建議，最後還是把難題留給他們自己去解決去。

又過了好多年，有一年我恰好有機會在北大做短期的講學。加拿大駐北京使館的文化參事湊巧是我的朋友，就撥個電話給他，他立刻說要請我去他家吃飯。我的親戚却很敏感地警告我不可去。他說：「四人幫時代，這麼逕跑洋使館，就會招個裏通外國的罪名。現在大概不會，但總是不好！」

我說：「有什麼不好？我本來早已成了華僑，是從外邊來的，要通麼，也只能算外通外國，而不能算裏通外國！」

我的親戚又說：「我們這裏不這樣想！」

我又辯道：「毛主席不是要跟蘇聯人做朋友就跟蘇聯人做朋友，要跟美國人做朋友就跟美國人做朋友，沒人敢哼一聲嗎？」

「那是領導啊！」我的親戚又教導我說：「人民可不成！」

「人民不才是國家眞正的主人嗎？怎麼這也不准、那也不准呢？」

「不跟你辯了，」我的親戚失望地說：「你們外邊來的一點也不懂唯物辯證法！」

我終於沒聽親戚的勸告，逕去加拿大文化參事公館赴宴。而且事先聽了主人的指示，爲免門警盤查，雇了一輛出租汽車長驅而入。原來出租汽車就足以代表了一種不同的身份。

我這位加拿大文化參事朋友的妻子也是臺灣長大的中國人，因此我忽然想起環跟安吉拉來，不知他們到底做了何種選擇？於是就隨便問了一聲他們是否聽說阿根廷使館有一位姓弗來姆的秘書，我知道北京外國使館人員的交往相當密的。

「你是說環•弗來姆嗎？」我的文化參事朋友說：「他不是秘書，他早已升了在座車上插國旗的公使了？」

「是嗎？」我很爲環高興：「那我一定要打個電話給他。」

「你晚了一步，」我的朋友又說：「好像剛調到別的國家去，已經離開北京了。」

我還不死心，又打了一通電話親自向阿根廷使館查證，果然已經不在了。

想不到我自己從未涉足外交界，却陰錯陽差地接交了不少外交界的朋友，而且各國的外交界都有。文化大革命前夕，我想把母親從山東老家接來巴黎，四人幫多所留難，竟提出來要法國使館出具保證在法居留的證明。那時候我母親身患重病，我也拿不準法國使館肯不肯出這樣的證明。幸虧使館中有一位間接的朋友，基於人道的理由助我一臂之力，否則，我母親也早喪生在紅衞兵的亂棍之下了。在我母親從北京飛巴黎的行程中，必須在莫斯科過夜，改乘歐洲的飛機。我母親是一個從未出過遠門的家庭婦女，外文一句不通，不要說俄文了。那時要不是又湊巧在駐莫斯科的瑞士使館中有一位朋友熱心安排照料，我母親不知將懷着如何焦慮的心情渡過莫斯科之夜？第二天又將如何準時無誤地登上飛往巴黎的飛機？

可見多交幾個外交界的朋友，的確獲益匪淺，至少旅遊時辦起簽證來少碰幾個釘子。如今在英國的學生中，竟也有在外交部任職的人員。前些日子，一位過去在加拿大教過的學生路經倫敦，跑來看我，適我不在，留下了一張名片，原來也是加拿大使館的秘書。幾次在加拿大溫哥華和香港的機場碰到的檢查護照的官員竟也是我過去教過的學生。有些我已經不認識了，他們都還認得我，總熱心地打一聲招呼。

原載一九八六年三月《明報月刊》第二十一卷第三期

穆該吉與黛安娜

穆該吉是墨西哥學院擔任印度史的教授，印度北方人，比我至少要大十歲。那時候我尚算年輕，三十多歲，時常為人誤為學生。穆教授則已是四十多歲的中年人，戴了一副玳瑁邊的眼鏡，微微挺出一個略見膨脹的肚腹，很有一副教授的派頭。每次東方研究所開會的時候，穆教授都侃侃而言，而且條理分明，言必中的，使人不能不對他帶了幾分敬畏的心理。我的求學經驗，使我早就養成了敬老師而遠之的習慣，因此凡遇到老師型人物，不知不覺地就會表現出一種疏離的態度。這就是為什麼開始的時候，我對穆該吉教授相當冷淡，可以說從沒有主動地去找他談過話。

我們第一次在會議以外的私人交談是很偶然的。大概是一個星期日吧！我跟安妮在墨西哥公園的草地上閒坐，看伊莎在草地上打滾。伊夫還只能躺在推車裏咿咿呀呀地吃自己的手指頭。忽然遠遠地看見穆該吉走了過來，身邊還帶了一個至少比穆教授高出一個頭的白種女人。穆該吉一看見我們，馬上就停下步來，給我們介紹說：「這是黛安娜，我太太！」說着穆教授就蹲了下來，像不預備馬上走了。由蹲而坐，於是就一問一答地交談了起來。就像所有的朋友從陌生到熟悉所必經的那一個階段，雙方都把各人的身世背景和遊學經歷大致說了一遍。如果在這樣的自我介紹後，雙方都沒有任何共同點，或者發現對方言談乏味，那也就不過如此在人生中擦肩而過了。但是如果一方面對另一方面發生了興趣，或者雙方面都有些興味，那就是交友的開始。我跟穆該吉至少有兩個共同點：一個是兩人都來自東方，却又牽絆了一種西方的婚姻關係；另一個共同點是兩人都非常注意各國文化和社會的情況，不乏神聊的題目。

穆該吉的太太黛安娜是英國人，是老穆在倫敦求學時認識的，年紀幾乎比穆該吉輕了一半，那時候也不過二十五六歲。長得人高馬大，不但比中等身材的老穆高出一個頭，比我這一米八〇的身材也冒過一個尖。外表雖然如此高大，黛安娜的心理却非常稚弱，時時表現出一種憂悒無助的神情。恰巧穆該吉是那種強悍而自信的男人，正可以做她的靠山。

從那次在公園裏交談以後，穆該吉有好幾次到我辦公室來找我聊天。我發現穆該吉只能說英文，比我更不易適應墨西哥的文化和社會環境。黛安娜的處境尤過之，她說她一聽到西班牙文就頭疼。她不知道自己爲什麼要住在這樣的一個城裏，也不知道爲什麼這樣消磨她寶貴的生命。只爲了嫁給一個印度人，這個印度人又湊巧非要在說西班牙文的國度裏教書不可。「眞是荒謬！」她說：「沒有比我更荒謬的人了！」

「那你爲什麼不離了老穆，回英國去？」我開玩笑地說。

「是呀！」穆該吉也插嘴說：「我沒有拉住你！」

黛安娜白了穆該吉一眼，憂悒地低下頭去掰她的手指頭。「我正在考慮。」她很認眞地說。

穆該吉這一對實在是寂寞的。不久老穆就對我說他們在距墨西哥京城不遠的農村裏發現了一個休假的理想所在。有一個資本家在一個氣溫適宜風景優美的農村投資興建了一所現代的賓館，裏面有熱帶花園、游泳池、健身房及其他應有的娛樂設備，專門接待外賓。因爲剛剛開張，價錢相當便宜。他提議我們兩家去度一個週末，以調節墨西哥京城較稀薄的空氣對身體所形成的損害。我欣然接受了他的提議。

那地方果然舒適而價廉。其實我查詢的結果，並不是資本家投資的，而是由該村的農民以合作的方式共同投資興建，請專家設計和經營，但主要的服務人員都由當地的農民充任。不到一年的時間，已經使那個原是落後的農村發生了根本的變化。不但解決了農民就業的問題，而且農民的收入比種老玉米的時代增長了數倍，家家戶戶都已經開始電氣化起來。所付出的代價，則是使原來獨立自主的農民流爲給有錢人服役的差事。我們以後又去過幾次，使我實地觀察到資本主義對落後農村所帶來的衝擊，以及農村現代化的可能路徑。

這種情景自然又帶給穆該吉和我爭論思索的不完不了的話題，反倒忽略了去休假的原意。倒是安妮和黛安娜眞正欣賞了熱帶花園裏的奇花異卉，享受了種種現代的娛樂設備。特別是黛安娜，她自稱是一隻懶貓，天生是爲享受而來的，因此不能操勞，也不願去思考傷腦筋的問題。最佳的生存方式，她認爲就是躺在賓館的那種半陰半陽冷暖適度的長廊的榻椅上，望着園中的藍天碧樹出神！

「但是如果人人都像你，不事生產，哪有這樣的長廊、這樣的榻椅，叫你躺呢？」我同她辯道。

「我也不一定要這樣的長廊、這樣的榻椅，我可以躺在草地上、山坡上，對我都是一樣。只要不必工作就得！」黛安娜說。

「人類的進化是因爲工作而來的！人類的文明也是工作的成果！」我又說。

「不錯！將來世界的毀滅也是工作的最後成果！亞當、夏娃本來是不工作的！」

「也許你說得有理，」我道：「但是目前你是依靠老穆生活的。要是沒有老穆替你操勞，你哪能實現這種不工作的高論呢？」

「那也說得不錯！可是老穆是情願的，對不對？」她轉臉去詢問她的伴侶：「說！你心甘情願地爲我工作！爲我效勞！使我可以不勞而獲！說呀！」

老穆只是笑。

因爲黛安娜實在不喜歡墨西哥這樣大都市的亂糟糟的生活，穆該吉竟向我提議何不我們兩家在墨西哥京城裏退掉一處房子，以同樣的價錢可以在鄉下租賃一所非常舒適的別墅。安妮、黛安娜和我們的孩子們可以住到鄉下去，享受清新的空氣和較爲清潔的自然環境，我和穆該吉兩個光棍兒留守墨京合住一所公寓，每個週末都可以到鄉下去度過。她們婦人們有時也可以進城來。我告訴了安妮穆該吉這個主意，安妮覺得未嘗不可以這麼做，於是我們就開始認眞地到鄉下去找房子了。

找了許久，始終沒找到合適的。後來找到了一處，是兩進的帶有花園的西班牙式樓房，雖然太大了一點，但是實在寬敞而舒適。房主是一個五十多歲的中年人，很胖，暴突着一雙滴溜溜亂轉的大眼。好像並無眷屬。我們去看房的時候，只看見兩個穿襯衫的年輕小伙子正在廊下吃飯，房主介紹說是朋友。可惜的是那所房子只賣不租，我們仍然不能如願。

返回墨京後，穆該吉就對我說：「你注意到房主的特異的眼光了嗎？」

我說：「沒有呀！」

他說：「那人準是同性戀的，我一眼就看出來了。他的眼光只跟着你打轉，我問他話，他却只對你回答，你知道為什麼？」

我說：「我不知道為什麼。」

「因為你年輕呀！」

「別亂說了！」我笑道：「那是因為他不懂你的英文，要我來做翻譯。」

可是穆該吉的話，使我忽然驚覺到我那時大概不配做一個作家，我的注意力太過於集中在知識學問上，總之是書本上的東西。有多少人生中的暗流以及我自己對這個世界的感覺，都逃脫出我的意識範圍之外。我以後同穆該吉討論這樣的問題，對我未來生活的轉變以及重新開創我的感覺世界，大概也不無影響的吧！

不久以後，因為安妮在墨京找到了工作，她不像黛安娜只肯做一隻不工作的懶貓，所以我們在鄉下租賃別墅的念頭也就無形中打消了。

我因為進修社會學而離開墨西哥的時候，在所有的朋友中，眞正有些不捨的大概是穆該吉和黛安娜吧！老穆而且十分羨慕我的勇氣。他說他眞正想學的是哲學，而不是歷史。他希望有一天也像我一樣，丟下他的教職，重新再去做一次學生。

「眞的！」他說：「這並不只是說說，你瞧吧！我會這麼辦的！」

可惜一年以後，穆該吉在到荷蘭去參加一個國際會議的時候，竟因心臟病而死在飛機上。終也難以達成他的學習哲學的心願。

我跟穆該吉交往甚久，並不知道他患有心臟病。甚至還有一個秘密也被他瞞過了，原來黛安娜並不是他的太太，只是同居而已。他本來有妻子，也有小孩，都住在印度故鄉。這是在他死後因爲遺產的問題才不能不揭露出來的。

人與人之間總有一段距離，你永遠無法完全瞭解一個人，也不必抱着這種過奢的企圖。也許有一種距離，正是使人們可以彼此忍受的一種必要條件。如果你跟你的朋友能夠有一部分相知而溝通，已經十分可貴了！

很多很多年以後，我自己在倫敦大學教書了。有一天一位法國朋友請我去倫敦郊區的一家教堂參加一個聖樂演唱會，在散場的時候，人叢中忽然出現了一個高大的女人，那不是黛安娜嗎？

「黛安娜！」我不加思索地沖口高聲叫道。

她轉過頭來，看見了我，我們立刻趨前熱烈地擁抱了足足三分鐘。

「你怎麼會在這裏？」她一臉驚奇地問。

我也說不出來爲什麼我竟到了英國，又爲什麼那晚我會恰巧出現在倫敦郊區的那個小教堂裏，人生眞有說不盡奇妙的事。

「我又結婚了，生了一個女兒。」她飛快地說。

我看見她身旁站着一個像她一樣高大的男人，認爲是她的丈夫，就趕快伸出手來。

「他不是我的丈夫，」她又迅急地說，好像猜到了我的思想：「他只是一個頂好的朋友！」

我很想問她現在還是不是一隻懶貓？話到了嘴邊又嚥了回去，而終於什麼也沒有問。甚至連穆該吉也不好當着她那位我不知道他們之間關係的朋友的面提起。我們交換了彼此的電話號碼和地址，相約再次見面。

這又過了幾年了，到現在並沒有接到黛安娜的電話。我呢，也沒有主動地給她打過電話。爲什麼？天知道！大概缺少了穆該吉，缺少了墨西哥的天空，我們又成了擦肩而過的人了！

原載民國七十五年三月五日《聯合報》副刊

幾個法國的探險者

墨西哥的法國學校和美國學校要比臺北的美國學校有名多了。臺北的美國學校主要的是爲外僑的子弟而設。其中雖也有富有的中國商人的子弟，但一般知識分子和政府官員大概不會把自己的子弟從小就送給美國人去教養。當然到了某一個年紀，放洋外邦，那是另外一回事，算是去取經吧！雖說也是由於文化處於劣勢的原因，但似乎對幼兒和少年教育還沒有完全失去信心。墨西哥人則對自己的教育完全沒有信心了。從小學到中學這一個階段，不管是知識分子、政府要員，還是富有的商人，只要財力不十分拮据的，無不把子弟送進外國學校。希望將來在工商界出人頭地的，自然非進美國學校不可；希望在文化界和政界有所作爲的，則進法國學校，爲的是能說上一口使人覺得富有文化氣質的法文！

伊莎在幼稚園階段，我就近送她上墨西哥的幼兒園。到了該進小學的時候，因爲安妮的文化背景，自然順理成章地進了法國小學。我自己過去本來是留法的學生，因爲這種關係，伊莎還受到半費的優待，可見法國人是很懂得如何擴展文化影響力的一個民族。在同一個小學裏，也有墨西哥學院其他教授的子女，例如東方研究所所主任德拉拉瑪女士的三個小孩，也都在法國小學。最使我驚異的是連教育部長的兩個兒女也在法國學校。這種情形就完全像英國中產以上的家庭把子女送進名義上叫做 Public ，而實際上是私立的學校一般。眞正公立的學校，只能收容無產大衆的子女。在資本主義的國家中，沒有做父母的不在兒女很幼小的時候就已經爲他們將來在人生競賽的路途上做出了十全的準備。這種情形看來很叫抱有平等主義的高尚理想的人士傷心，但是如果我們仔細看看已經實行了平等主義的社會主義國家，當權的幹部們甚至免去了做這種準備的工作，只要利用自己的職權，乾而脆之地就把自己的子女放在別人的前邊，那麼就不得不多少暫時忍耐一些資本主義國家中做父母的這種不多麼光彩、更不够理想的自私心理了。

伊莎的同學中多的是墨西哥小孩，但純法國人的子弟也有。伊莎最要好的一個小朋友，叫作愛蘭的，她的父母就都是法國人。因爲小孩的關係，我們大人自然也就認識了。後來我們雙方約定，一方的家長負責接，另一方的家長負責送，這樣每家每天都省却了一半的路程。

愛蘭的爸爸叫讓•伊色列。我不知道他這個姓的來源是否就是猶太國，但他說他不是猶太人。愛蘭的媽媽叫泰蕾莎，是個聰明標致的黑髮黑眼的女人，因爲來自法西交界的地區，看來更像西班牙人。讓在一家很大的法國百貨公司當經理，人傻乎乎的，好像沒受過多少教育。我們兩家交往，多由泰蕾莎一力承擔，讓則是婦唱夫隨。我和讓之間，除了找他買東西可以打折以外，也沒有其他可以溝通的地方，因此我們兩家一起出動時，多半是爲了小孩，做一些野餐、騎馬的戶外活動。

這一章我要講的是幾個富於探險精神的法國人，把讓看作是探險者未免過份了。他長得富富泰泰，爲人拘拘謹謹，看不出他是否有些冒險精神，但他既然從法國大老遠地來到墨西哥謀生活，而且在墨西哥看來是無親無故的，血管裏至少也該流着那麼幾滴探險者的血液吧！

除了伊色列一家外，還有三對法國夫婦跟我們有另一種交往的關係。這三個人就實在使人覺得並非泛泛之輩了。

先說克勞德•阿莫斯。他在法國中學教地理，湊巧也在墨西哥學院兼了幾小時亞洲地理的課程，因此我們認識。他太太是越南人，是外表漂亮、個性爽直的那種女人，很討人喜歡。他們家四壁掛滿了中國古畫，用的餐具也是中國的假古董一類。我問他如何得到這些中國東西，克勞德說是從上海和廣州搜買來的。那時候還在「文化大革命」以前，中國大陸本來早已禁止古物出口，克勞德說是他一半賄賂、一半動粗，連唬帶詐地弄出來的。他自以為佔了大便宜，可是叫我看來，他收來的東西既非名家作品，瓷器又多半是僞冒的假貨，爲此花了大把的外幣，到底是眞佔了便宜，還是吃了大虧，實在很難說。我不好意思掃他的興，只好表示很欽佩他的本事。倒是他家中一架福漆描金的大屏風，還有幾隻雕琢精美的漆箱，看來很有些氣派。

克勞德一句中文不會說，能夠跑到中國大陸運出數目不少的一大批眞假古董，可見他很富有冒險的精神。克勞德實在不像一個學者，也不像一個教師，倒像一個運動員。長得方面大耳，身材魁梧，加上一大把紅色的絡腮鬍子，外表看起來頗像到非洲出獵的海明威。他實在是個精力過盛的人，叫他跟我們去野餐、去騎馬，他一點興趣也沒有。他喜歡的是當眞到非洲去獵獅獵豹，或者跳進海洋裏力搏白鯊。他所喜愛的這些運動，我自己連想都沒有想過，但是我們中間有一種可資溝通的關係，他是肉體的探險，我是精神的探險，在精神上我的好奇心甚至於遠遠超過他非洲獵豹和大海捕鯊的程度，因此我們彼此互相吸引。我很羨慕他這種純肉體的涉險，我想他對我傾向於心靈的探索也有些好奇。除此之外，我們沒有多少共同的興趣。一放假，克勞德和他的越南太太兩人都不見了。原來他們有一艘船，停在墨西哥的一個港口，一有時間他們就航海去了。後來我知道克勞德是一個非常傳奇性的人物。從法國到墨西哥，他們不是坐飛機，也不是坐輪船來的，而是開着他的小小機帆船從法國冒險橫渡大西洋一直開到墨西哥的港灣。他的豐富的地理知識對他的航行發生了極大的輔助作用。在中途，克勞德的太太說，有一次他跳進海裏去洗澡，她却不在意地把船開走了。開了幾個鐘頭以後，才發現克勞德不在船上，急忙開回去，找了一天才把他撈到。

「那是大海裏撈針呀！」她說。

「够刺激！」他說。

「够運氣！」她說。

克勞德從沒有請我們去坐過他的船，第一是因爲路遠，第二大概是不願意還就我們這種既好奇又破不上性命冒險的人。他常說：「命雖然只有一條，放在保險箱裏總沒有意味！你要想跟他一起出遊，得要先做好「破命」的心理準備才行！

另一位法國朋友也是法越聯姻的。喬治．黑魚來墨西哥擔任一家公司的工程師。年紀輕輕的已經得到了巴黎大學的國家物理學博士，完全是大腦發達的那種類型，身體看起來就相當纖弱了，跟克勞德．阿莫斯形成一種顯明的對比。我們通常開玩笑地叫他的越南太太蘇姍娜「公主」。她實在也曾經算是一位公主，因爲她是越南廢王保大的姪女。喬治娶到了這樣一位公主，自然很引以爲傲，大概你認識他不到一小時，他準要告訴你這一件事。我們所以認識，是喬治和蘇姍娜二人找到墨西哥學院來學中文。因爲他們無法正式入學，我特准他們旁聽我們的中文課。誰知他們的興趣比正式的學生還要濃，不但一板一眼地把應做的作業都準時做好，而且課外還要來問不少問題，因此我們也就成了朋友。那時候中國大陸的「文化大革命」已經開始，每天都有些令人驚悚的消息。這些消息看在喬治的眼裏，就像非洲兇惡的獅豹對克勞德的吸引力一般強大，喬治之所以熱心地把中文學好，爲的就是將來找機會到中國大陸去開開眼界。

還有一位法國工程師，叫蒼珂•勒該的，跟喬治抱着同樣的幻想，是一個中國大陸「狂」。我用這個「狂」字來形容他一點都不過分。蒼珂說：「只要能夠去中國大陸，不管吃什麼苦、受什麼罪，都不怕！」「文化大革命」進行愈激烈，愈能引發起他們的好奇心和想像力，非要決意去瞧一瞧中國人是一種如何可怕的怪物不可！因此這一位眞是苦苦哀求，要我教他中文。因爲他白天沒時間，不能來旁聽，求我爲他課外補習，我只好答應每週末爲他上兩小時私人課。幸好他就住在我們家附近，他來我往都很方便。因爲蒼珂酷愛攝影和拍實驗電影，我們也有相當的共同嗜好。每逢墨西哥的重要節日，大概都是跟蒼珂一同携帶了攝影器材大拍一番。爲了拍攝墨西哥人的「死人節」（相當於我國的淸明掃墓），我和蒼珂跋涉過一百多公里的長途。爲了就近拍攝百萬人出動的耶穌殉難節，我和蒼珂冒充記者，穿過了種種軍警設立的防線，跑到十字架前搶拍了耶穌殉難的鏡頭。跟惹珂除了中文以外，還有不少共同活動。

我離開墨西哥的時候，除了阿莫斯夫婦早就開着他們的機帆船不知航向何方去了，其他三對法國夫婦仍留在墨西哥京城。後來聽說喬治•黑魚和惹珂•勒該都實現了他們的夢想，在法國駐中共使館的從屬機構裏謀到了差事。我很想有機會再問問他們親身經歷以後的感想。這些人都是善於探險的。到墨西哥去工作其實也算得一種探險，他們都受過良好的教育，也都有相當的工作經驗，在法國不是謀不到差事，他們去墨西哥以及以後的赴中國大陸，都是基於一種探險的情懷百般設法自謀的機會。我想我能跟他們交上朋友，大概因爲骨子裏我也是喜愛探險的一個人，否則我並非不可以安居在一個國家裏，像我大多數朋友所追求的那種安定的生活。

原載民國七十五年四月十六日《聯合報》副刊

同生之杯

愛着同一個男人的兩個女人天生就是不能共處的，不管這兩個女人的關係是婆媳，是妻妾，還是母女。

在墨西哥多年的生活，我便夾在我的母親和安妮二人的冷戰中。我母親是一個極端內向的人，而且又在多年來的社會主義的生活中養成了一種猜疑的心理，無事時已經是一個孤獨寡言的人，一旦存有心病，那就完全把自己封閉了起來。安妮呢，則恰恰相反，心直而口快，常常得罪了人，自己還不知爲什麼。再加上兩種不同文化的背景，表達情意方式的懸殊，那就難免誤會連連了。

在同住了不到一年的時間，安妮已經深深覺得我的母親介入了我們的夫妻關係之間，心裏愈來愈不自在起來。我的母親呢，也覺得長大了的兒子已經有意跟母親疏遠了，內心中當然也並不十分爽快。我因爲受了這種氣氛的壓迫，對兩個人都含有一些敵意，厭恨着她們過分的佔有慾。

安妮有幾次提議在左近另替我母親租一所公寓，以爲分開住對大家心理的壓力都會減輕些。但她這種提議叫我一口回絕了。我的母親在遭受了多年的折磨以後，又生活在語言不通的異國，已經使我十分不安，怎麼能够讓她分住呢？我無論如何無法向她解釋。就是我有勇氣向她解釋，我也預料到她一定無法明白。因爲她原來生活的時代，是婆婆本分應該當家主事的，做媳婦的則天分該受些折磨。哪知道現今的媳婦在心理上全沒有受折磨的準備，也沒有看到什麼委屈求全的必要。不痛快，就要分手，是現代夫妻關係的常情，這却是仍然抱着以嫁鷄隨鷄嫁狗隨狗爲宗旨的我的母親永遠無法理解的事。

爲了舒解三個人的心理壓迫，我不得不有時單獨帶安妮出去旅行。但是這種機會也並不多見，第一是因爲工作繁忙，第二是這樣使我對我的母親內心中有種罪疚感。爲什麼會有罪疚感呢？我也說不清楚，大概是佛洛依德所說的俄狄普斯情意結在作祟吧！

總之，數年的時間，除了全家包括我母親在內的共同旅遊外，我和安妮單獨只旅行過三次，兩次是到阿哥布爾古，一次是到維哈克魯斯，而這最後的一次又是以一個小小的慘劇結束的。

以墨西哥京城的地位而論，阿哥布爾古是西南的海港，維哈克魯斯是另一邊東南的海港，二者都是休假的勝地。前者因爲氣候較熱，一年到頭都可下水游泳，美國來的遊客特別多，後者則頗像西班牙的古城，是歐洲人比較喜歡的地方。

我們本來計畫在維哈克魯斯休息三天，藉以彌縫二人心理上所產生的某些裂痕，當然也順便觀賞這一個著名的海港的優美風光。因此在抵達的第一天就向搭乘的計程車司機打聽在維哈克魯斯有哪些該看的風景、該嚐的美味、該欣賞的民俗等等。承司機的好意，說是到了維哈克魯斯第一件不可不嚐的就是「回生之杯」，如不嚐「回生之杯」，就等於白來維哈克魯斯一場。

其實司機所說的西班牙原文只有「回生」（Vuelta a la vida）之義，那「之杯」兩字是我嚐到眞正的美味以後加上去的。「回生」的意思，不用說就是「起死回生」之意了，比喻我們這種在世俗生活中已經半死的人，只要一杯「回生」下肚，就等於馬上復活過來。這樣的美味，我們豈肯錯過呢？

因此找好了旅館，放下了行李，稍事梳洗，第一件事就是去尋訪「回生之杯」。又叫了一部計程車，這一位司機說眞正的「回生之杯」只有一家，其他都是冒牌，有名無實。我們要嚐自然是嚐正牌的，其他的冒牌、雜牌豈肯下顧？於是囑託司機一定要把我們開到那家正牌的「回生之家」。

司機說那可在郊區。郊區就郊區，爲了起死回生，豈能怕路途遙遠？

司機開了好遠的一段路，經過七彎八拐，因爲路途不熟，在詢問了好幾次行人之後，才終於停在一間茅屋的前邊。

我看那茅屋十分簡陋破敗，有些不敢相信，就問司機：「眞的就是這裏嗎？」

司機說：「沒錯！沒錯！就是這裏！不信一問老漢的姓名就知。」

我這才看見茅屋的簷下坐了一個穿着汙髒的白汗衫的老漢，深目鷹鼻，一腮未刮淨的花白的鬍渣子，正拿了一把蒲扇在不停地拍打着。

我們下車趨前請問老漢的姓名，果然不差，就是正牌的那一家，安妮這時說話啦：

「人不可以貌相啊！眞金都是藏在敗絮之中的！」

我覺得她說得也有幾分哲理，但是一瞧老漢身旁的桌上，又不禁懷疑起來。桌上果然擺了好多杯子，杯子裏裝的不過是一些番茄和洋葱，上面堆着些剝了皮的蝦仁。可怕的是每一隻杯子上至少都落了幾隻蒼蠅，正在有滋有味地品嚐「回生」的美味，不管老漢如何拍打，也不肯離開。

我問老漢道：

「這就是鼎鼎大名的『回生』嗎？」

老漢很肯定地連連點頭，一迭連聲地說了好幾個「就是」。

我又問安妮道：

「你看，這能吃嗎？」

安妮又說話啦：

「有什麼不能？」

「你沒有看到上面滿是蒼蠅？」我說。

「幾隻蒼蠅就能要人的命嗎？」安妮說。

我忽然想到我初抵法國的時候，按照過去的習慣都是把蘋果先洗乾淨才可以下口咬。但是法國人並不洗水果，而是拿來就吃的。我有一位早來法國的畫家朋友，也像法國人一樣，從不洗水果，他說：「法國的水果本來就乾淨，再洗是多餘的。」

我說：「我分明看到水果攤上也有蒼蠅！」

我的畫家朋友說：「法國的蒼蠅也挺乾淨，吃幾隻不會生病。」

這時候我就想起這位畫家朋友的話來，不禁對安妮道：「這是墨西哥的蒼蠅，恐怕沒有法國蒼蠅那麼乾淨，你想眞能吃嗎？」

「你就是這樣小資產階級，一般的人民大衆哪裏在乎幾隻蒼蠅？」安妮很不屑地說。

說着，安妮已經拿起一杯來有滋有味地吃起來。

我雖然十分猶豫，但是很不願給安妮和那個一直對我含笑注視的墨西哥老漢看輕了。再說呢，我本來也是胸懷世界同情貧苦大衆的熱血青年，當年在巴黎也是走上街頭的反戰分子，幾次跟安妮在法國警察的警棍下狼狽逃竄。難道一眨眼的時間我已經忘懷了人民大衆的疾苦，染上了小資產階級的臭習了嗎？餓着肚子的人民大衆，哪裏在乎幾隻蒼蠅？你看人家安妮，才是言行如一的革命人士！想到這裏，不由地端起一杯來，驅走了蒼蠅，硬着頭皮就吃。吃了幾口，不但不覺得味美，而且越吃越噁心，只好把半杯多剩下了。

安妮却吃了全杯的「回生」。

我不敢問她滋味如何，免得她再說出嗆人的話來。

這樣的「回生」只能當作餐前的開胃品，不能當作正餐，我們又返回市區晚餐。晚餐後回到旅館，我忽然覺得肚子作怪起來，這時候躺在床上的安妮已經咬牙切齒地忍了好半天，而終於叫出聲來：「哎唷！肚子好痛，大概晚飯吃壞了東西！」

我說：「什麼晚飯呀！明明是我們回生回的！你不說吃幾個蒼蠅沒事嗎？」

「我沒吃蒼蠅！」她還嘴硬地說：「我趕走了蒼蠅才吃的。」

「你現在終於知道墨西哥蒼蠅的厲害了吧？」

安妮不再說話，臉色蒼白蒼白的。我們就躺在旅館裏嘔吐發燒，神智昏迷，連看醫生的力氣也沒有了。直到第二天黃昏燒才退。第三天，已沒有觀賞維哈克魯斯優美風光的時間和心情，在四肢乏力中返回墨西哥京城。

這次「同生之杯」倒的確使我們親身經歷到起死回生的滋味。

平常安妮跟我都覺得自己相當聰明，可是我們在一起時總不免做出一些傻事來。我們都具有十分的誠意和善意去輔導對方，結果是我常常覺得她把我導歪了；而她呢，也覺得我沒有把她導正，因此後來兩人不免越來越到兩岔裏去了。

一九八六年五月十一日於英倫

原載民國七十五年六月一日「聯合報」副刊

我的三個女同事

很奇怪，我命中常常有跟女人共事的機會。至少有兩次，我的頂頭上司都是女人。在我的經驗中，做女人的部屬比做男人的要好得多多。如果你有一個女主管年紀比你大點的話，你可以把她看作一個姑姑，或是姊姊，她總會處處對你照顧，細心又體貼。男主管就不同了，要是年紀比你大，他覺得你該是他的奴僕；如果年紀跟你差不多，他又把你看作競爭的對手，不但不會體貼你，而且找機會就要給你點顏色看看。

去墨西哥之前，在巴黎的時候，除了教書之外，我還在葛以麥（Guimet）博物館做一點研究工作，當時的館長就是女的。其他的館員，除了駐衛警、圖書館一位管理員，還有後來從羅馬尼亞逃出來的一位猶太人和我之外，好像也都是女的。到了墨西哥學院，東方研究所主任恰巧又是一位女士。我們所裏的教職員，算起來大概是男女各半，因此跟女同事接觸的機會也就相當多了。

東方研究所主任葛拉希拉•德拉拉瑪也是留法的，跟我約莫同時在巴黎大學研究，不過她在印度研究所，我在漢學研究所，當時並不認識。我應聘到墨西哥學院的因緣，後來在德拉拉瑪女士的口中，才知道是因爲一位在哈佛大學任教的朋友到墨西哥學院出任客座教授時推薦了我。德拉拉瑪女士託了一位恰巧在巴黎做研究的同事到葛以麥博物館來跟我當面洽談。因爲在哈佛的那位朋友已多年未通音訊，又沒有事先通知我，使我面對墨西哥學院的代表時感到既意外又納悶。洽談之後，就跟德拉拉瑪女士有多次書信往還。雖然當時墨西哥對我的誘惑頗大，但捨棄我早已習慣了的文化氣息那麼自由開放的巴黎，也不是件容易的事。在斟酌取捨之間，不免就提出了幾個附加條件，誰知德拉拉瑪女士都一口答應，我也就順利成行了。

德拉拉瑪是葛拉希拉本人的姓氏，是墨西哥一個有名的世家，墨西哥京城有一個大公園，就冠有她家的姓氏。她的夫婿姓龔匝來茲（也是墨西哥一個大姓），是一位心理學家，在墨大任教。按照西班牙的習慣，已婚的婦女都在自己的姓氏之後綴以夫姓，等於說是「某某人的某某女人」，就好像我們中國習慣上所用的「張王氏」、「趙李氏」一般。這種古老的傳統很爲現代沾染了女權運動色彩的新女性所不屑，所以有不少女性知識分子乾脆把夫家的姓砍去，只保留自己的姓名。然而既然已經不是小姐的身分，姓名之前一旦冠以「太太」或「夫人」的稱號，便不免時常弄出許多誤會。德拉拉瑪女士就是一個好例子。西班牙文沒有相當於「女士」這般可退可進左右逢源的名詞，女人的姓氏前不冠「小姐」，就冠「太太」，明顯地標幟出未婚或已婚的身分。在墨西哥學院，除了同事直呼她葛拉希拉以外，學生和比較生疏的人都稱她德拉拉瑪太太（亦可譯作夫人，在西班牙文正像英、法文，這種稱呼無貴賤之分）。遇有酒會應酬，她時常跟我們學院的秘書主任馬爾提乃茲•雷高勒達先生聯袂出席，因此人們就常常把秘書主任誤爲她的夫婿，直呼爲德拉拉瑪先生了。

葛拉希拉是位相當幹練的人。她教書如何，我不得而知，但是把所裏的公事辦得井井有條，却是有目共睹。換了別人，免不了會使出墨西哥人的法寶 mañana

來，到了她手裏，三兩下就辦妥了。我記得凡是我找她做的事，她無不就在我面前立刻拿起電話來一個「馬上辦」。舉一個例子，有一次我應聯合國文教組織之聘到中美六國去巡迴演講，需要速辦六國的簽證。要是讓學院發公函去辦，怕不要拖拉幾個星期才能辦好，德拉拉瑪親自跑了六國使館一天不到的時間，六國的簽證已經密密麻麻地蓋在我的旅行證件上，不得不使我驚訝而佩服。而且在我行前，每一國都發了電報，洽妥了各國接機的時間。別看這是些小事，如果到了敷衍塞責的人手裏，可能就弄成一團糟。我在墨西哥將近六年的生活相當愉快，跟所主任相處融洽及她對我的熱心照顧也很有關係。

另外一位女同事，也是一位熱心人。她就是我以前提過的曾在臺北學過一年中文然後又去我現在執教的倫大亞非學院進修的那位。她叫弗勞哈(意為「花朵」)，姓包頓，原是猶太人，生在希臘，長在西班牙，少女時代跟父母移民墨西哥。她實在具有語言的天才，英語說得像美國人一樣好，法語說得幾乎跟法國人一樣，希臘文和西班牙文算是她的母語，自然更不在話下。但不幸的是她的中文說得眞不行，大概是起步太遲的關係，而她偏偏選中了中文做她的終身職業。我想以她的聰明和能力，是不難找到高薪工作的，她之所以非要戀上中文不可，可能是為了擠入墨西哥學院的窄門，因為墨西哥學院在墨西哥人的心目中，不止是最高學府而已，而是一登龍門就身價百倍的。

在她還在倫敦的時候，就已經跟我通了幾次信了。等她回到墨西哥，開始時只在東方研究所做一點研究工作，可是不久弗勞哈就施展出她交際的長才。她本來家境富有，房舍寬大，所中的同事每學期總有幾次被她請到家中吃喝。如有外賓駕臨，宴會應酬，也多半由弗勞哈來料理，因此外來的人幾乎沒有不認識花朵女士的。穆該吉教授就因此對弗勞哈頗有微詞，說她只會應酬，不做研究，不該在這樣最高學府裏充數。我自己也覺得弗勞哈不是一個書蟲，大概難以具有蛀書的功夫，但是同事中有這麼一位活潑而熱心的人，却也是一件美事。我們出外旅行，常常把家裏的鑰匙交給弗勞哈，回來的時候冰箱裏總有一天的食品等在那裏。

其實弗勞哈是一個傷心人，別看她表面上總是嘻嘻哈哈。她的丈夫是阿根廷人，跟她生了一個兒子以後，一去杳如黃鶴。這本是墨西哥已婚男人司空見慣的行為，為了不必負擔養家活口的責任，只須不聲不響地溜掉，然後不通音訊，就一切大吉。一個男人可能結婚數次，在不同的地方都留下一個帶着孩子的傷心婦女，做媽媽的只好任勞任怨把孩子拉大。這是一般無名之輩。稍有名氣地位的，不能溜號，但會同時擁有幾個 casa chica，也就是我們所謂的「小公館」了。說起來，在這一點上，我們中國文化與墨西哥文化應該說彼此互通聲氣，在我們歌頌母愛偉大的時候，墨西哥人也認爲madre es grande!

第三個女同事叫希爾瑪，是阿根廷人。她研究的是印度文化，跟穆該吉是好朋友。我自己跟希爾瑪並不太熟，後來因爲她跟安妮練習法語，安妮跟她練習西班牙語，因此成爲我們家的常客。我們臨行時不能攜帶的物品都暫時存在她那裏，誰知這一寄存就成了永寄了。

如果再加上奧達小姐，我們所中有四個女同事。男同事，連我算在內，也恰恰是四個，一共不過八個人。如今想來已大大擴充了。

這四個女同事，奧達和希爾瑪是有點上了年紀的未婚小姐，弗勞哈是丈夫溜號的傷心人，只有葛拉希拉是婚姻美滿的。我在加拿大的時候，却聽說她跟先生離了婚。這是很出乎我意料之外的事，我一直認爲她跟先生是挺和美的一對，而且他們的三個兒女都已經十好幾歲了。

這樣一來，我的四位女同事都成了獨身女性。她們這樣的命運，不知是因為生在現代，還是因為是富有獨立精神的高級知識分子？我也難以回答這樣的問題。

原載民國七十五年七月十七日《聯合報》副刊

短褲，穿不得！

我剛到墨西哥的那一年夏天，正趕上研究生們集體旅遊，目的地是尤卡坦（Yucatan）。尤卡坦是瑪雅文化的故土，名勝古蹟最多。學校問我想不想參加，我哪能不想？學校說：那麼你就領隊吧！領隊，我不能，連西班牙語都說不清爽的人，怎麼可以領隊呢？幸好另有一位教美術史的墨西哥講師參加，由我們兩個人來領隊，我是掛名，他是實職。

這位墨西哥講師，我已經忘了他的名字，因爲不在同一個研究所，後來也很少見面；不過我對他的印象深刻難忘。

參加旅遊的研究生大概有三十幾個人，多半是外國學生，想來墨西哥學生都已去過。其中有三對已婚夫妻。一對是一位日籍研究生跟她的墨西哥夫婿。據說這位墨西哥青年因參與革命暴動監禁達一年之久。那時剛出獄沒有幾天，特意陪太太來散散心的。日本太太因爲時常探獄，居然已經大腹便便。第二對是跟我做研究的米士•奧利微哈跟他年輕的妻子，還携帶了他們四歲的小女兒。奧利微哈是阿根廷人，畢業後回到阿根廷首都布宜努斯艾雷斯，在一所大學中創立了南美國家的第一個中文系。後因受到右派軍人政府的迫害而流亡加拿大。有一次他來溫城看我，我驚訝地發現他已經換了太太。他告訴我他跟我所認識的第一位太太已經離異多年，女兒歸女方撫養。此是後話。還有一對是一位國際關係研究所的墨西哥籍的研究生和他的美籍太太。這位研究生長得身材碩長，一表人才。他的美國太太有一張圓圓的娃娃臉，大眼睛，看來稚氣十分。

一同領隊的講師相當年輕，大概不過二十五歲左右，和研究生年紀不相上下，所以同學生的關係很像老兄老弟。一路上他跟我談話不多，乃因他英法兩語都不怎麼靈光，跟我說西班牙語會把他累死，他沒這個耐心，不如去跟學生閒談。我也只跟通英法兩語的學生坐在一起。不過到了住旅館的時候，原則是兩人一房，既然只有我們兩個老師，便不能不合住一室。那時候我只好勉力跟他結結巴巴地說幾句西班牙文。

此人身材不高，却長得十分精壯，膚色棕黃，鬢髮濃黑，除兩隻眼睛閃着西班牙人的精光外，算是印地安人的典型。因爲正當壯年，每天早晨都亢奮異常。也許他以爲我是同事，不是學生，不必忌諱。又因天氣奇熱，穿不得睡衣，也不需蓋被單，他就那麼赤條條地躺在床上，自由自在，像只有他一個獨處一般。這種狂野姿態，我過去從未見過。大學時代雖然住過八人一間的宿舍，但中國同學習慣上都很矜持，非在浴室，沒人跟大家裸裎相見，更不會把亢奮的神態顯示人前。一般西方人在這方面很不拘小節，但也有相當的分寸。他這種恣肆的態度，不知是否來自西班牙人的習慣？記得在學生時代參加過一次國際學生會議，跟十幾個青年在一間大宿舍裏住過一個多月。時間一久，大家雖漸漸不拘形骸，也只有西班牙人喜愛當衆裸裎追逐嬉戲。我這種觀察，也許只是巧合，不能一概而論，因爲數年後美加的大學裏就時興裸跑了。

與這位豪放的同事同室，沒有別的辦法，只能裝作視而無睹。白天在長途的旅遊車上他多半跟那位有美國太太的研究生坐在一起。很明顯地年輕講師的興趣只在太太身上。他老跟那位西班牙語說得極流利的太太滔滔長談，先生則呆坐一旁發楞。在參觀尤卡坦的名勝古蹟時，也常見他跟那位太太走在一起，先生不知走到哪裏去了。我因爲也時常一人脫隊獨走，有一次走進一座古建築的甬道裏，一轉彎，不意正好撞見年輕的講師和研究生的太太在熱烈擁吻。我當時頗覺尷尬，他們對我笑笑，態度相當灑脫自然。

我相信這兩人無能自持的情態，不獨我一人瞧見，其他同學——包括那位丈夫在內——一定也都感覺到了。那位丈夫的臉色似乎越來越灰黯，也越來越不願開口講話。年輕的講師和研究生的太太却越來越神采飛揚。到了回程途經維哈克魯斯的時候，我們衆人都去海中游泳，只有那位丈夫服裝整齊地坐在沙灘上，黯然神傷地悵望着大海，原來此時太太跟年輕的講師脫離了衆人遠遠游到深海，看來只像兩個時開時合的小黑點了。在海邊發出鯊魚警報的時候，他們也沒有游回來。

返回墨京的頭一天，最後的一站，在旅館裏我一個人獨佔了一間房，我的同房不知哪裏去了。直到第二天早晨，才見年輕的講師和研究生的太太容光煥發地回來。到了歸程的汽車上，情況完全明朗起來，年輕的講師跟研究生的太太坐在一起，丈夫已經獨自坐到車後去了。我還記得那天年輕的講師穿起一件紫色的襯衫，非常醒目。

這一路上那位做丈夫的顯然愈來愈晦敗哀傷，但始終保持了一派君子風度，沒有惡言相向或有暴力舉動。大概自知老婆變了心，不管做什麼，也無濟於事了。只是那位年輕的講師如此大膽，全不把人家做丈夫的放在眼內，却令我感到迷茫與驚異。

我因爲初到墨西哥，不諳當地習俗，實在不能評斷大家對這次事件的觀感如何。其他的研究生對這三個人都猶如視而無睹，未聞有人閒言閒語。但這並不能說他們對反常的行爲沒有意見。有一次天氣奇熱，我忍不住燠暑的煎熬換上了一條在巴黎很流行的短褲。可不得了了！我立刻感覺到所有學生的眼光都像支支冷箭般地射到我的腿上。有的在竊竊私語，有的竟掩嘴偸笑，連奧利維哈也帶着譏嘲的眼光看我。當時我眞以爲我的短褲是透明的。我自己暗暗查看，並無漏洞，只有不去理會，硬起頭皮挨了一下午冷眼，第二天才換穿長褲。那位年輕講師則不管天氣多熱，從沒有穿過短褲。我不禁心裏暗忖：大概在墨西哥，穿短褲比搶別人的老婆是更不高雅的行爲！

以後據說年輕講師和研究生太太的那次爆炸性的羅曼史並沒有進一步發展，他一直是個浪漫不羈的單身漢。至於那位研究生跟他的美國太太是否又和好如初，或因此而離異，則不得而知。但是我却學到了以後不再穿短褲，不管天氣熱到什麼程度！

原載民國七十五年七月二十八日《聯合報》副刊

薇哈小姐與馬雷那先生

語言是人與人之間溝通的重要媒介。雖然我也有朋友跟起始語言一點也不通的異族結婚，竟也度過了大半生和美的夫妻生活。這畢竟算是例外，常見的是因爲語言不通，或者是通而不透，連朋友都做不來。久居國外的僑民，老來一心要落葉歸根，語言的不通透也是原因之一。我因爲自己的西班牙文不夠通透，所交的墨西哥朋友多半都是會說法語的。

在墨西哥說外語的當地人中，說英語的多半是工商界的暴發戶，或者一心要交美國朋友的半吊子；說法語的却是另外一批人，這些人不是世家出身，就是書香門第，當然其中也有附庸風雅之徒。英法兩語都能上口的，像墨西哥學院的同事，那就身兼暴發和風雅兩種資格了。薇哈小姐與馬雷那先生都是能說法語的墨西哥人，但前者的英語比法文更好，二人正好代表了兩種不同的典型。

認識薇哈小姐，是因爲她來旁聽我的「中國古代思想」課。上這門課的學生本來就很少，忽然坐進一位衣飾時髦的中年婦女，自然很爲扎眼，不得不問清楚她的來歷。她自言是所主任德拉拉瑪女士的朋友，是時裝設計家，對中國文化特別有興趣。但不久我就發現她在課堂上打起瞌睡來，不是因爲我講得太枯燥無趣，就是因爲她無法進入情況。後來她自認對中國思想一竅不通，實在聽不出眉目來，因此也就不來了。誰知不久就接到她的邀請，到了她府上才發現她是墨西哥相當有名的一個時帽設計家，時常舉行展覽。她設計的帽子，有的像花盆，有的像教堂，有的像墳墓，也有像中國農民的那種草帽，總之奇奇怪怪。但追求時髦的婦女，就最愛把奇怪的東西頂在頭上。她客廳的牆壁上除了掛滿了展覽盛況的圖片外，桌上擺的牆上掛的還有不少國際名人的致謝函，其中包括英國女皇伊麗莎白二世、皇妹瑪格麗特公主及美國當時總統夫人賈桂琳女士等，差不多當日世界上的名女人都似乎買過她的帽子，或者受過她的餽贈，才換來一紙謝函。而這些謝函，就成爲最佳的宣傳廣告，墨西哥的名女人因此非要來買薇哈設計的昂貴無比的女帽不可了。

薇哈小姐是很會交際的那種女性，用現在的名詞來說，應該算是女強人一類吧！像這樣的女性大概是不願也不能結婚的，因為一旦結婚就名花有主，對其他男性也就失去吸引力了。對一般男性一失去吸引力，又怎麼可以再在社交界任意翩飛呢？因此薇哈年近中年，仍是小姐。既是小姐，就可以名正言順地邀請男友到家中宴飲。我不知道是否被薇哈列進了黑名單，但曾經多次受到她的宴請，回請的次數却寥寥無幾。每次應薇哈的宴請，發現在座的都是些知識分子，不是教授，就是作家畫家等名流。有時也有耶穌會的神父，可見薇哈是個相當風雅的人物。但是除了風雅以外，薇哈也頗實際。有幾次在宴飲之間忽然湧入採訪拍照的記者，第二天大家的照片就在名人社交的一欄中見報了。這正是薇哈的高招，不放過任何自我宣傳的機會。我們學院的幾個男同事（薇哈似乎從沒請過女人），也因薇哈的關係成了社交名人。幸虧不在臺北，不然一定會成為謠言四起的花邊新聞。在墨京，名人社交是正常的現象，大家都安然處之。譬如說加拿大已去世的漢學家達布森（W.A.C. Dobson），來墨西哥學院擔任短期的客座教授，要不是靠了薇哈邀宴，一般社會人士不會知道有這樣一位教授來墨京講學，更不會知道達布森乃何方神聖。我的同事花朵女士是最看不上薇哈的一個人，她說薇哈有收集名人學者之癖。我不知道是否也成了薇哈的收集品。

安妮到了墨京以後，薇哈仍然跟我們來往。她交遊廣闊，介紹了安妮去擔任墨西哥前總統夫人的法文教師。由於安妮一向厭惡權貴的脾氣，不久就拂袖而去。薇哈在我們留墨期間總盡力幫助我們擴大在墨京的社交圈子，無奈我們既不善交際，又沒有興趣做一些無謂的應酬，很使她失望。不過我和薇哈總保持了一種有距離的交往，既沒有眞正接近，也沒有十分疏遠，彼此都把對方看作生活中可有可無的一種點綴。

馬雷那就完全是另一種人了。他是巴黎音樂學院畢業的高材生，說的一口標準的巴黎法語，那時候擔任墨西哥大學樂團的第一小提琴手。他找我的目的是要學中文。我發現我們很談得來，就建議採取交換的方式，我教他中文，他替我補習西班牙語。我除了剛到墨西哥的一年上了幾個月的西語速成班以外，以後馬雷那就變成了我主要的西語教師。

我始終不明白馬雷那熱心學習中文的目的，中文跟他的工作完全無關，他也不預備到中國去探險進修。他自己說覺得中國很神秘、很奇特，才想要學中文的。這能算一個理由嗎？也許是音樂家對奇怪的聲音具有特別的吸引力吧？

馬雷那是一個虔誠的天主教徒，身體不算好，時常生些小病。體質雖弱，但是誠懇、聰明，極富同情心。中國的「文化大革命」可說跟他全不相干，可是他對中國人的苦難形同身受，也是少見的一個對中國前途感到憂心忡忡的墨西哥人。

我那時候受了「文革」的沖激，正在寫一系列的「北京的故事」。因爲初稿用的是法文，有幾篇拿給馬雷那看過。他十分激賞，一力鼓勵我從事寫作。他以爲做一個學者容易，做一個作家至難。學者可以力行而致，作家在後天的努力外還多半要靠些天賦的才華。他覺得我應該取難而棄易，專心從事寫作才對。但是他不明白用中文寫作的困境。中國嚴肅的作家，累死也不足以維生，但做一個所謂的「學者」，輕輕鬆鬆就可以混日子了！

薇哈和馬雷那兩人並不認識，也毫無瓜葛，我爲什麼把他們兩人聯想到一起？大概因爲他們都是眞正的墨西哥人，雖然他們襲用了西班牙的姓名，他們的身體內却都流着印地安人的血液。薇哈的皮膚白皙，西班牙的血液也許多了些，馬雷那的皮膚很黑，印地安的血液一定不少。但他臉形的輪廓和一雙黑而亮的大眼睛却又是西班牙人的。

我保有了薇哈的照片，却沒有馬雷那的。只有一卷錄音帶是臨行前馬雷那爲我演奏的一段小提琴曲和幾首他自彈自唱用吉他伴奏的墨西哥民謠。他的歌聲如今聽來十分淒楚，隱然蘊含着依依的別情，這是當時我不曾十分領略到的一種情感。

原載民國七十五年八月十六日《聯合報》副刊

紅塵裏，多煩惱！

認識巴替那斯神父是在薇哈小姐的一次晚宴上。薇哈小姐給我們介紹說：巴神父是天主教大學的副校長，也是宗教史專家。

那時候巴神父已經將近六十歲了。長長的黑臉膛，濃濃的眉毛，戴一副黑邊眼鏡，說話聲急氣短，鏗鏘有力。巴神父是耶穌會教士，就是像利瑪竇那種博學多才、道行高深的教士了。

認識了巴神父之後，却沒有再見過他。大概一兩年以後吧，巴神父忽然來我們學院教書，跟着巴神父同來的是一陣陣竊竊的耳語。據說巴神父破了色戒，不但丟了天主教大學副校長的職位，也被耶穌會驅逐出會，現在竟連神父的黑服白領也不能穿戴了，所以才像俗人似地穿起西裝、打起領帶來。在墨西哥這種天主教國家中，沒有學校敢再收留這種破了戒的和尚。只有我們學院是個例外，因爲我們學院的後臺是當政的革命黨。眞正在政府中任職的官員，雖然多半都失去了革命的氣味，僅剩的一點點正好留給了我們學院，所以我們學院專門收留各國放逐的革命人士。巴神父雖然不是外國放逐的革命黨，但以耶穌教士的身分敢於打破色戒，就不免也帶出了幾分革命的氣息，以革命自居的墨西哥學院，豈能不予以援手？這就是爲什麼巴神父在衆口交譭的情形下，可以到墨西哥學院來教書的原因。

既然成了同事，來往就比較頻仍了一些。不久，巴神父——不！應該說是巴教授，就請我們幾位同事到他府上去便餐，同時也一併公開引見了現任的巴太太。

巴家現在是一個人口衆多的家庭，光孩子就有九個。據說只有尚在襁褓中的那個嬰兒是巴教授自己的，其他八個都是巴太太帶來的孩子，最大的已經快要三十歲了。

可是你不要以爲巴太太是個老太太！不！絕不！生了九個孩子的巴太太實際的年齡應該離五十不遠了吧？然而看起來却像三十多歲的婦人。身材苗條，皮膚細膩，臉上長得眉清目秀。跟她的大兒子站到一起，不說是兄妹嘛，至少也像是姊弟！難怪巴教授連教士和副校長一併放棄了。溫莎公爵為了美人江山都可以不要，何況是一個小小的副校長！魚與熊掌不能兩全的話，當然是擇其善者而取之。

我們被請的客人，除了讚賞巴教授的眼光以外，也多少有點佩服他的勇氣，好像沒有人對他心存嘲諷責怪。知識分子畢竟是心胸開闊、思想自由的一種人呵！只有一點引起了些小小的波紋。在巴家陳設精緻的客廳裏很扎眼地羅列着一系列的鳥雀。牆上掛的是鳥畫，桌上擺的是鳥擺設，其中有瓷鳥、鐵鳥、瑪瑙鳥、水晶鳥、象牙鳥、木頭鳥、泥鳥、紙鳥，連鐘錶也是鳥形的。大家看了這一系列鳥，都做會心微笑狀。我雖然不大清楚每人微笑的原因是否一樣，但這麼多的鳥，足證主人是個愛鳥的人了！

巴太太不但人長得清爽秀麗，言談也溫柔大方，那一晚使每個人都有賓至如歸的感覺。晚餐後大家玩碟仙的遊戲，好像碟子眞個地在自旋自舞。輕輕放一根指頭在碟子上的人都說沒有施力，大概只有抿嘴微笑着的巴太太心裏有數。也有人在彈吉他、唱民歌，也有人在說笑話，好不熱鬧，至少鬧到深夜三點才散。臨出門的時候，我們都覺得有些愛上了巴太太。

此後沒有再見過巴太太，但巴教授却越來越年輕，臉上的黑氣漸消，紅光愈顯，好像時光在巴教授的身上倒流了一般。我們都覺得巴教授是個有福氣的人，不想做了一輩子的耶穌會教士，老來竟有如此的艷福，倒眞像是得到上帝額外的恩寵似的。就讓那些沒人愛的老學究教士們羡殺、氣殺吧！

然而在我到加拿大幾年以後，却聽朋友說巴教授終於離了婚！怎麼會離婚呢？正在幸福中的人？除非是巴太太……巴太太要離婚的話，巴教授又有什麼辦法？何況那幾年是離婚年，我們認識的墨西哥學院的一些本來婚姻看來相當美滿的同事和學生，都是那幾年離婚的。後來算一算，竟找不出一對沒有離婚的夫妻了！

原載民國七十五年八月十六日《聯合報》副刊

蠻荒之旅

新婚燕爾的安妮的弟弟約瑟夫•伊夫來信說要來墨西哥旅遊，安妮高興得雀躍不止。安妮正身受着鄉愁的煎熬，法國的一封來信、一通電話，都足以使她感動得眼淚漣漣，何況是她親愛的弟弟親身駕臨，另外還携帶着一位標緻的新娘！

這是他們蜜月旅行以後第一次遠遊。算算看，如不趕緊趁着尚無拖累的時候來墨西哥如此遼遠的地方遠征，將來一旦有小寶寶出世，就拔不動腿了！

那是一九七〇年夏天，我們已經來墨西哥三年了，但有好些地方還不曾遊過，因此正好趁此機會和約伊夫（約瑟夫•伊夫雙式名的簡稱）夫婦同遊。我們的野心頗大，除了南方幾個大城像布伊布拉（Puebla）和窪哈卡（Oaxaca）之外，還想到幾處偏遠的蠻荒海港天使港（Puerto Angel）和隱藏的海港（Puerto Escondido）等地探探險。如果沒有他們給我們壯膽，我和安妮帶着一個六歲、一個三歲的孩子，是沒膽進入蠻荒地帶的。

我跟安妮結婚的時候，約伊夫還不過是個十七歲的中學都還沒畢業的大孩子。轉瞬間不但大學已經畢了業，當上了工程師，而且已經爲人之夫了。約伊夫的新婚妻子妮歌比約伊夫大三歲，有一點非血統關連的親戚關係，說起來是安妮的嬸母的後夫的前妻的兒子的妻子的姊姊。法國人跟中國人風俗習慣的差異，乃在比較重視人與人之間的感情，而不太在乎名分的問題。譬如說安妮的嬸母，在她叔父死後，早已携安妮的叔妹再醮。如在中國，再醮的婦女，不但無權携走前夫的子女，而且一旦再醮，也就自然與前夫的家人形同陌路了。可是安妮的嬸母跟安妮的父母本來就相當和睦，他們之間的關係並未因安妮嬸母的再醮而改變。這位嬸母的後夫是離過婚的男人，自己本有子女，結果等於多出了幾個親戚。就是因爲這種親密的關係，才使約伊夫有跟他嬸母一家人一起度假的機會，因此與妮歌相遇而墜入情網。其實那時候約伊夫本有另一位比他年紀小的也沾點親戚關係的女朋友，是個漂亮而聰慧的少女。約伊夫的床頭擺着那位少女的照片已經很久了。兩人出雙入對，我們都以為他們就要訂婚的。誰知約伊夫一遇到妮歌，一日之間就改變了主意。妮歌有另一種純淨之美，但主要的是年紀較大，比較成熟得多了，難怪使受慣了母親寵愛的約伊夫情不自已，滿心傾倒了。如今看來，約伊夫倒是滿有眼光。他以前的女朋友後來嫁給了一個英國人，來倫敦定居，我以她過去男朋友姊夫的身分到她家作客，發現她是個很無條理的主婦，跟後來妮歌井然有序的理家方式不能同日而語。

那時候，約伊夫和妮歌眞是新婚燕爾，如兄如弟，兩人難分難捨，甚至於到一個去厠所，另一個就會站在外面等的地步。他們一到，我們家也立刻增加了羅曼蒂克的氣氛。約伊夫叫他的妻子貓，妮歌叫她的丈夫兎子（跟中國的涵義不同），安妮小時候本叫她弟弟小豬，而她弟弟叫安妮羊。安妮已經很久不叫我狗熊了，又開始叫起來。我既然是狗熊，伊莎和伊夫就是兩隻小狗熊。驟然間我們一家人都不見了，全成了動物，而是一羣嘻嘻哈哈連叫帶笑的動物！

他們給我們從巴黎帶來的最好的禮物是我們最喜歡的卡芒百奶酪。只是這種奶酪據說在飛機上漸漸香氣四溢，令四周的旅客掩鼻不迭。這種奶酪的氣味像什麼呢？實在像極了臭脚的那種氣息。從前住過八個年輕人的學生宿舍，知道夏天裏人們的脚是如何的汗臭。我一聞到法國的某些奶酪，就發生這種聯想，這恐怕也就是我初時無法欣納奶酪的原因。我擔心喜食奶酪的法國人會不會因聞見脚臭而流出口涎？

我們啓程後的第一站是布伊布拉。參觀了本地的大教堂，品嚐了當地的名菜「辣椒甜胡桃」。我實在並不多麼喜歡這道菜，辣倒不怕，而是太甜。辣而甜的東西中國食譜裏沒見過，很不合我這種讓中餐慣壞了的舌頭。

第二站是窪哈卡，是印地安人的大城，以出產手工藝品著名。附近有印地安人的廢墟，是歐洲遊客喜愛旅遊的地區。其中又以法國人爲多，到處都聽到纏綿的法語。相對的美國旅客很少，美國人比較喜歡阿卡布爾古那種有現代設備和豪華旅館的海港，足見法美人的興好很爲不同。

古印地安人的廢墟阿爾班丘地（Monte Alban），離窪哈卡只有九公里的路程。在長約三百公尺寬約兩百公尺的丘地上，留有一大片建於公元初到公元三世紀時代的古建築遺址。這一帶的文化屬於極盛於公元前八世紀到四世紀（相當我國的周代）的奧爾麥克（Olmeque）文化。最引人矚目的是如今稱爲「舞者的廟堂」的那幾塊殘壁。石壁上雕刻了線條細膩的似泳似舞的人像。這些人像所代表的意義是一個謎，正如大多印地安人的文化，已沉入永世再無能光顯的黑暗的歷史淵海。

我們遊過阿爾班丘地回到窪哈卡以後，便忍不住土產工藝品的誘惑，這也想買，那也想買，一下子衣箱裏就增添了好些手織的毛毯和衣物。

在窪哈卡住了兩天，然後一早乘汽車直赴蠻荒的天使港。誰知汽車只開到距離天使港十二公里的包屈特拉（Pochutla）即止。這一路已經是人跡罕見，沿途的印地安村落也不多，只偶然在路邊看到一兩個印地安人赤條條地站在天然的山泉下淋浴。汽車中的乘客一路下車，黃昏時分抵達包屈特拉時，就只剩下了我們四大兩小的六個人了。在這樣一個遊客罕至的邊遠地區，旅館自是沒有，我們只打聽到一家願意接待外客的住戶。

主人是個粗悍的中年婦女，給我們準備了一餐簡便的晚飯。不知道爲什麼，她使我聯想起「水滸傳」中的孫二娘來。心中不免暗忖：設若竟是一家黑店，趁夜黑風高之時，把我們這幾個外來的遊客幾刀殺死，埋屍荒郊之外，眞是神也不知、鬼也不曉哇！我們外出旅行之前既沒有向官方報備，也沒有向友人細說去向，即使我們失踪不見，偌大一個墨西哥，該到何處去尋訪我們的下落？何以事先竟沒有想到這樣的問題？我心中頓時萌生了一種不祥的預感，又不敢說出口來，以免驚嚇了其他的人。

那晚我們佔了兩個房間，約伊夫和妮歌睡一間較小的，我和安妮帶兩個孩子睡一間較大的。臨睡時我悄悄告訴約伊夫睡前把門窗關好，夜裏驚醒些。他唯唯諾諾，也不知是否領略到我話中的含意。我自己則在睡前把房中唯一的一張桌子頂住房門，然後又把椅子疊放在桌上，又找到一枝木棒放在床邊。

安妮詫異地問道：「你在做什麼呀？」

「安全問題！」我說：「今天你們三個大人和兩個小孩都在我的保護之下。你們睡吧！我來守夜！」

「你不睏？」她又問。

「不睏！」我强睜着疲乏的眼睛說。

「神經病！」她說着就逕自睡了。

我當然不便在這時跟她解釋孫二娘的黑店有多麼可慮，可是我也終不勝旅途的勞頓，不知不覺中竟也進入夢鄉。

不知什麼時刻，睡夢中忽聽嘩啦一聲響，我機伶伶地就從床上跳了起來，一手不忘抄起木棒，高舉在門前，要是孫二娘進來，就一棒打下。

忽聽門外的人用法語說：「不是啊！」聲音好熟。

「是約伊夫嗎？」我問。

「這裏不是廁所嗎？」約伊夫也在問。

「你睡昏了頭！廁所在那一頭！」我沒好氣地說。

回到床上，竟然又立刻睡去。第二天聽到公鷄報曉時才一驚而醒。趕緊查看室內各物，見昨夜安置的桌子未動，椅子落在地下。謝天謝地，總算不是一家黑店！

吃早飯時約伊夫向我道歉，夜裏吵醒了我。

我說：「你幸虧沒有推門進來，不然你頭上定會長個大泡！」

他一臉迷惑，沒有弄清楚是什麼意思。我也不願再向他解釋。

我們一大早就乘車向天使港出發。因為這一段路已經沒有客車，我們坐的是普通載貨的卡車。我的天！路已經不能算是路了，彎彎曲曲，七高八低，有時竟是一邊緊鄰峭壁，另一邊下臨懸崖，有些像蘇花公路的險境，却沒有蘇花公路平整的路面。使人覺得只要一個閃失，就會全車翻下山去。安妮的臉早已驚嚇得慘白，一直嚷着要下車步行。要是沒有行李，眞是不必坐這樣的車。我和約伊夫、妮歌三人都尙可勉强支持，一再地對她安撫，又要照顧兩個小孩，只盼早一點到達。

十二公里的路程，居然開了一個小時，徒步也該走到了！

到達天使港，才發現那裏眞是天然的樂園，天然到沒有多少人工的痕迹。晴空下展現着一望無垠的大海，雪白的浪花擊打着一帶長達數公里的闃寂的沙灘。海岸上只孤零零地撐起了一個蓆棚。棚中擺了幾張桌椅，看來像是一家飯館的模樣。我們走近一看，果然賣的有炸魚一類食品。我自從經受了「冋生」的教訓以後，對海味格外小心，一定要吃現炸現烹的東西，對早已涼在桌面上的熟食則深具戒心。幸好魚蝦都可以現炸，不成問題，成問題的則是住。海岸上的漁村看來不足百戶，房舍均異常簡陋，不用說這裏是不會有旅館之類的文明設施的。蓆棚的老闆帶我們去看了一處據說是唯一可以出租的旅邸，是在山坡上用水泥砌成的一間房，既無門，也無窗，倒是非常風涼。室內有幾張舖了草蓆的木板床，想係有先我們而至的探險者曾居住過此室。一天只要幾塊匹索，便宜實在便宜，而且總要强過露宿海灘。在無可選擇的情形下，只好住下。

剛放好東西，立刻在牆上發現了一隻多年未見的蝎子。伊莎也湊過來看。「這是什麼噢？」說着她就要用手去摸。

我一把拉住伊莎，立刻脫下鞋來，一鞋底把蝎子擊斃。伊莎却哭列列地叫道：「爸爸好殘忍……」

說的也是，我是殘忍了一些。以前不但殺過蝎子，也殺過蜈蚣、蛇和老鼠一類的東西。誰知伊莎和伊夫兩人竟是天生絕不殺生的那種人。伊夫長大後竟連咬他的蚊子都會特意打開窗戶放走，叫我看來實在到了可笑的程度。

我們都帶了泳衣。到天使港的目的之一，也是想享受一番尚未被文明污染的自然海濱。誰知走近了海邊才發現巨浪滔天，並不適於游泳。我和約伊夫下水試了幾次，都被海浪打上岸來。大人都受不了，兩個小孩更下水無望了。我們只好沿着海邊慢慢走下去，指望終會找到一處浪輕波靜的海水。這一帶，舉眼望去，人迹全無。一邊是碧藍的海天，一邊是濃綠的熱帶叢林，不由使人聯想到伊甸的光景，難怪叫作「天使港」了。即使不能游泳，看到這樣一個仍然保有完整的自然之美的原始海港，已深感不虛此行了。

正當沿海而行，遠遠地在我們背後走來一個印地安婦人。我們的脚步很慢，她則行路甚急，不久就趕上了我們。見她約有三十多歲年紀，身穿印地安式的綉花長衫，梳着兩條粗黑的髮辮，赤着一雙脚，手中拎着好大的一條魚。在這種四望無人的環境中，偶然見到一個同類，實在是一件欣快的事，不能不上前搭訕。這位印地安婦人倒也可以說西班牙語，自稱叫素珊娜。她說家就住在不遠的林中，因為孩子病了，到港口去買藥，順便買一條魚回家。說着她就邀我們到她家去看看。我們欣然答允，實在說巴不得有這樣的一個機會看看在這蠻荒之地印地安人的家居生活。

素珊娜說是不遠，其實走起來並不近，差不多要一個小時。三歲的伊夫早就走不動了，只好由我和約伊夫輪流把他馱在肩上。我們已經深入了熱帶樹林，直到看見一座孤立的由樹枝和蕉葉搭成的棚屋，才知道到了她的家。我們還沒到達，已經看見一羣大大小小光屁股的小孩，還有一隻小狗、兩隻小豬遠遠地迎着我們。素珊娜說那一羣小孩都是她的孩子。最大的一個女兒是穿着衣服的，已經十七歲，而且已經結婚生子，胸懷中正奶着她的一歲大的嬰兒。素珊娜自己最小的孩子也還不大會走路。兩個男人——素珊娜的丈夫和女婿——都外出工作去了，沒有在家。她的家與其說是一間屋子，不如說是一間涼棚，其中除了一個做飯的灶和一些木石的炊具外，只有兩張草蓆舖在地下，算是眠床。好像除了兩個女人身上穿的衣服外，別無長物了。年紀小的孩子都赤身露體，好在這裏天氣永遠不會寒冷，實在也不需要衣物。另外倒是還有一處放置工具和養豬的小棚，小棚前還闢出一方像是果園的園地，幾棵樹上掛着還未成熟的檸檬。

這種情況，可以說是一清二白。然而與其說是貧窮，不如說是原始。他們自己活得倒也愜意，似乎並沒有貧窮的自覺，只因跟現代文明的都市一比，他們就顯得貧窮了。試想石器時代的人類跟現代人相比，豈不都是貧窮的嗎？

雖然家徒四壁，素珊娜和她的女兒却很熱誠地招待我們吃了一頓午餐。她就用剛買囘的魚煮了一鍋魚湯，又另做了印地安人的主食——玉米餅。餐後我給了她幾十塊披索，使她喜出望外，大概不容易見到這樣多的錢吧！她好像很不過意，一定約我們第二天再去，她說男人可以在家替我們砍一些樹上的椰子，這正是妮歌和約伊夫都非常想嚐一嚐的東西。

第二天反正也無他事可做，天使港的風景又是一覽無餘的，我們便想再去拜訪素珊娜一家。只是再帶六歲的伊莎和三歲的伊夫兩個不能走路的小孩實在太累了，得留下一個人看管小孩。顯然大家都想去，看小孩的責任就落在了我的身上。

他們三個大人走後，我終於找到了一處可以泡泡海水的沙灘，帶兩個小孩玩了一下午水。時近黃昏，那三個去素珊娜家的大人卻一直不見回來。我那種不祥的預感忽然又沖上心頭，難道出事了嗎？想到這裏，眼前立刻出現了一付兩個印地安男人追殺三個白人的畫面。我實在太大意了，怎麼會放他們去呢？約伊夫攜帶了攝影器材，說是要為他們照像，豈不更容易引起兩個生活在森林中的半野人的劫殺的動機麼？越想越覺不安起來。但是我又不能拋下兩個小孩去援救他們，心中直覺如火燒般焦灼。兩個孩子卻無事人般地照常嬉水。我已無心跟他們玩了，眼睛直瞅着那一片茂密的綠色森林。

「爸爸來玩水！」伊莎叫我說。

「爸爸正在看……」

「看什麼嘛？」伊莎也隨着我的眼光朝森林那邊望去。

「我看見……」我沒有說下去，因爲我彷彿看見安妮和妮歌都躺在血泊中，鮮紅的血汩汩地從她們被砍傷的脖頸中流出來。約伊夫則沒命地在茂密的樹林中奔跑，眼看就要被緊追在身後的兩個印地安人的彎刀砍中了脊背。

正在感覺到胸膛就要爆裂的時候，却見安妮、約伊夫和妮歌三人笑嘻嘻地從林中走出來，每人還拎了兩隻綠油油的大椰子！

天啊！怎麼回事？爲什麼只有我在這蠻荒的地帶心中如此不安？而他們三人却能盡情地享受這蠻荒的樂趣？

晚飯後，我們開始討論如何離開這蠻荒之地的方法。我主張原路而歸，像來時一樣，先乘卡車到包屈特拉，然後再去別的地方。安妮却無論如何不肯再走那一段驚心動魄的山路，主張由海上坐船直接到我們計畫中要去的隱藏的海港。一打聽，竟有本地的漁人願意用一隻小船載我們前往，價錢是四百披索，但是要早上四點出發，爲了趕在中午的烈陽以前到達。於是我又想到中國舊小說中的故事了。船伕把旅客載到水中央，一梢打落水去，搶了財物……哎呀！使不得！早上四點鐘，不是還正黑漆一片嗎？為什麼一定要在漆黑的天色中出海呢？這不明明是……為了說服安妮改走旱路，於是我把我的疑慮說了出來。妮歌也覺得可疑，只有安妮仍堅持不肯再走山路。我們在談判不成的情況下，只有民主表決。約伊夫無可無不可，一票棄權。我和妮歌兩票贊成旱路對安妮一票的水路。安妮雖然是少數，可是決心很大，說她不動，民主表決也無濟於事，總不能四個大人和兩個小孩分成兩路走。安妮是堅決不肯再乘坐卡車，她說寧願叫人打入水中，不願跌下懸崖！後來無法，只好決定雇船。船伕堅持非四點鐘出海不可，說好說歹才答應延遲到五點。

第二天一早開始裝備。我吹足了原攜帶的兩個救生圈綁在小孩身上。又和約伊夫各人暗藏一把削水果的小刀，預備必要時可以跟兩個身強力壯的年輕船伕一決死戰。正感鬪志昂揚的時候，妮歌忽然叫起肚子痛來，起不得床了。四點剛過，天色仍然一片漆黑，船伕已來催促上船。我們只好推諉說有人病了，得等一等。安妮抱怨說都是因為我神經過敏，影響了妮歌的情緒。我自然摸不清妮歌是眞正吃壞了肚子，還是有意裝佯。這樣拖拖拉拉，直熬到六點鐘，船伕已來催了幾次，聲言再不啓程就不去了。看看天邊已經泛起魚肚色，妮歌的肚痛才霍然而癒，可以上船。

我們四個大人把兩個小孩夾護在中央，兩個年輕的船伕則高踞船頭和船尾。這隻船實在很小，八人坐下，已經再無餘地。加上我們的行李，吃水很深，如遇風浪，實在不堪設想。但在沒有選擇的情況下，也只好認命了。

出海以後，天色越來越亮，先由魚肚化爲海青，又由海青轉爲亮藍，不久一輪艷紅的旭日從大海中躍起，竟似剛剛沐浴過海水般的微塵不染。無風無浪，除了小船波波的馬達聲外，天海是一片洪荒也似的靜謐。海面上不見一絲波紋，平滑得像塗了一層油，晶亮得像一面巨大無匹的明鏡，只有不時地這裏那裏忽然有一隻海龜的頭凸出水面。這樣的景色彷彿只有在夢境才可以見到，是我終生難忘的一次經驗。

四個小時後，我們平安地抵達隱藏的海港。這時太陽眞正已經炙烈難當，怪不得船伕要堅持四點鐘出海了。

由隱藏的海港有汽車直達阿卡布爾古，才又回返到文明的世界。

在那種蠻荒的無人之地，不知爲什麼單單我一個人一會兒想到孫二娘的黑店，一會兒又想到掇財害命的梢公，以致難以盡情地享受那些原始質樸的情趣。難道眞是因爲幼小時看多了這一類掇財害命的小說嗎？然而這類的小說，中外皆有，安妮他們也並非不曾看過。大概不同的是他們心中有一個萬能的上帝，還有一個慈愛的聖母，高高地俯瞰着他們，增强了他們心中的篤定。我呢，孔老夫子遠遠地留在中國，而又已年老力衰，無法跟我到墨西哥來探險，所以我只好依賴自己那點微末又愚鈍的力量了。

原載民國七十六年三月二十六、二十七日《聯合報》副刊

馬森著作目錄

一、學術論著及一般評論

《莊子書錄》，台北：台灣師範大學國文研究所集刊，第二期，一九五八年。
《世說新語研究》，台北：台灣師範大學國文研究所，一九五九年。
《馬森戲劇論集》，台北：爾雅出版社，一九八五年九月。
《文化・社會・生活》，台北：圓神出版社，一九八六年一月。
《東西看》，台北：圓神出版社，一九八六年九月。
《電影・中國・夢》，台北：時報文化出版公司，一九八七年六月。
《中國民主政制的前途》，台北：圓神出版社，一九八八年七月。
馬森、邱燮友等著《國學常識》，台北：東大圖書公司，一九八九年九月。
《繭式文化與文化突破》，台北：聯經出版公司，一九九〇年一月。
《當代戲劇》，台北：時報文化出版公司，一九九一年四月。
《中國現代戲劇的兩度西潮》，台南：文化生活新知出版社，一九九一年七月。
《東方戲劇・西方戲劇》（《馬森戲劇論集》增訂版），台南：文化生活新知出版社，一九九二年九月。

《西潮下的中國現代戲劇》（《中國現代戲劇的兩度西潮》修訂版），台北：書林出版公司，一九九四年十月。

馬森、邱燮友、皮述民、楊昌年等著《二十世紀中國新文學史》，板橋：駱駝出版社，一九九七年八月。

《燦爛的星空——現當代小說的主潮》，台北：聯合文學出版社，一九九七年十一月。

《戲劇——造夢的藝術》，台北：麥田出版社，二〇〇〇年十一月。

《文學的魅惑》，台北：麥田出版社，二〇〇二年四月。

《台灣戲劇——從現代到後現代》，宜蘭：佛光人文社會學院，二〇〇二年六月。

《中國現代戲劇的兩度西潮》再修訂版，台北：聯合文學出版社，二〇〇六年十二月。

〈台灣實驗戲劇〉，收在張仲年主編《中國實驗戲劇》，上海：上海人民出版社，二〇〇九年一月，頁一九二—二三五。

《台灣戲劇——從現代到後現代》（增訂版），台北：秀威資訊科技，二〇一〇年十二月。

《戲劇——造夢的藝術》（增訂版），台北：秀威資訊科技，二〇一〇年十二月。

《文學的魅惑》（增訂版），台北：秀威資訊科技，二〇一〇年十二月。

《文學筆記》，台北：秀威資訊科技，二〇一〇年十二月。
《與錢穆先生的對話》，台北：秀威資訊科技，二〇一一年五月。
《文化‧社會‧生活》，台北：秀威資訊科技公司，二〇一一年九月。

二、小說創作

馬森、李歐梵《康橋踏尋徐志摩的蹤徑》，台北：環宇出版社，一九七〇年。
《法國社會素描》，香港：大學生活社，一九七二年十月。
《生活在瓶中》（加收部分《法國社會素描》），台北：四季出版社，一九七八年四月。
《孤絕》，台北：聯經出版公司，一九七九年九月，一九八六年五月第四版改新版。
《夜遊》，台北：爾雅出版社，一九八四年一月。
《北京的故事》，台北：時報文化出版公司，一九八四年五月，一九八六年七月第三版改新版。
《海鷗》，台北：爾雅出版社，一九八四年五月。
《生活在瓶中》，台北：爾雅出版社，一九八四年十一月。

《巴黎的故事》（《法國社會素描》新版），台北：爾雅出版社，一九八七年十月。

《孤絕》（加收《生活在瓶中》），北京：人民文學出版社，一九九二年二月。

《巴黎的故事》，台南：文化生活新知出版社，一九九二年二月。

《夜遊》，台南：文化生活新知出版社，一九九二年九月。

《M的旅程》，台北：時報文化出版公司，一九九四年三月（紅小說二六）。

《北京的故事》，台北：時報文化出版公司，一九九四年四月（新版、紅小說二七）。

《孤絕》，台北：麥田出版社，二〇〇〇年八月。

《夜遊》，台北：九歌出版社，二〇〇〇年十二月。

《夜遊》（典藏版）台北：九歌出版社，二〇〇四年七月十日。

《巴黎的故事》，台北：印刻出版社，二〇〇六年四月。

《生活在瓶中》，台北：印刻出版社，二〇〇六年四月。

《府城的故事》，台北：印刻出版社，二〇〇八年五月。

《孤絕》（最新增訂本），台北：秀威資訊科技，二〇一〇年十二月。

《夜遊》（最新增訂本），台北：秀威資訊科技，二〇一〇年十二月。

《M的旅程》（最新增訂本），台北：秀威資訊科技，二〇一一年三月。

《北京的故事》（最新增訂本），台北：秀威資訊科技，二〇一一年三月。

三、劇本創作

《西冷橋》（電影劇本），寫於一九五七年，未拍製。

《飛去的蝴蝶》（獨幕劇），寫於一九五八年，未發表。

《父親》（三幕），寫於一九五九年，未發表。

《人生的禮物》（電影劇本），寫於一九六二年，一九六三年於巴黎拍製。

《蒼蠅與蚊子》（獨幕劇），寫於一九六七年，發表於一九六八年冬《歐洲雜誌》第九期。

《一碗涼粥》（獨幕劇），寫於一九六七年，發表於一九七七年七月《現代文學》復刊第一期。

《獅子》（獨幕劇），寫於一九六八年，發表於一九六九年十二月五日《大眾日報》「戲劇專刊」。

《弱者》（一幕二場劇），寫於一九六八年，發表於一九七〇年一月七日《大眾日報》「戲劇專刊」。

《蛙戲》（獨幕劇），寫於一九六九年，發表於一九七〇年二月十四日《大眾日報》「戲劇專刊」。

《野鵓鴿》（獨幕劇），寫於一九七〇年，發表於一九七〇年三月四日《大眾日報》「戲劇專刊」。

《朝聖者》（獨幕劇），寫於一九七〇年，發表於一九七〇年四月八日《大眾日報》「戲劇專刊」。

《在大蟒的肚裡》（獨幕劇），寫於一九七二年，發表於一九七六年十二月三—四日《中國時報》「人間副刊」，並收在王友輝、郭強生主編《戲劇讀本》，台北：二魚文化，頁三六六—三七九。

《花與劍》（二場劇），寫於一九七六年，未發表，收入一九七八年《馬森獨幕劇集》，台北：聯經出版公司；一九八七年《腳色》，台北：聯經出版公司；並選入一九八七年林克歡編《台灣劇作選》，北京：中國戲劇出版社；一九八九《中華現代文學大系》（戲劇卷壹），台北：九歌出版社，頁一〇七—一三五；一九九三年十一月北京《新劇本》第六期（總第六十期）「93中國小劇場戲劇展暨國際研討會作品專號」轉載，頁十九—廿六；一九九七年英譯本收入*Contemporary Chinese Drama*, translated by Prof. David Pollard, Hong Kong, Oxford university Press, pp. 253-374，二〇〇七年劉厚生等編《中國話劇百年劇作選》，北京：中國對外翻譯社。

《馬森獨幕劇集》，台北：聯經出版公司，一九七八年二月（收進《一碗涼粥》、《獅子》、《蒼蠅與蚊子》、《弱者》、《蛙戲》、《野鵓鴿》、《朝聖者》、《在大蟒的肚裡》、《花與劍》等九劇）。

《腳色》（獨幕劇），寫於一九八〇年，發表於一九八〇年十一月《幼獅文藝》三二三期「戲劇專號」。

《進城》（獨幕劇），寫於一九八二年，發表於一九八二年七月廿二日《聯合報》副刊。

《腳色》，台北：聯經出版公司，一九八七年十月（《馬森獨幕劇集》增補版，增收進《腳色》、《進城》，共十一劇）。

《腳色——馬森獨幕劇集》，台北：書林出版公司，一九九六年三月。

《美麗華酒女救風塵》（十二場歌劇），寫於一九九〇年，發表於一九九〇年十月《聯合文學》七二期，游昌發譜曲。

《我們都是金光黨》（十場劇），寫於一九九五年，發表於一九九六年六月《聯合文學》一四〇期。

《我們都是金光黨／美麗華酒女救風塵》，台北：書林出版公司，一九九七年五月。

《陽台》（二場劇），寫於二〇〇一年，發表於二〇〇一年六月《中外文學》三十卷第一期。

《窗外風景》（四圖景），寫於二〇〇一年五月，發表於二〇〇一年七月《聯合文學》二〇一期。

《蛙戲》（十場歌舞劇），寫於二〇〇二年初，台南人劇團於二〇〇二年五月及七月在台南市、台南縣和高雄市演出六場。

《雞腳與鴨掌》（一齣與政治無關的政治喜劇），寫於二〇〇七年末，二〇〇九年三月發表於《印刻文學生活誌》。

《馬森戲劇精選集》（收入《窗外風景》、《陽台》、《我們都是金光黨》、《雞腳與鴨掌》、歌舞劇版《蛙戲》、話劇版《蛙戲》及徐錦成〈馬森近期戲劇〉、陳美美〈馬森「腳色理論」析論〉兩文），台北：新地文學出版社，二〇一〇年三月。

《花與劍》（中英對照重編本），台北：秀威資訊科技，二〇一一年九月。

《蛙戲》（話劇及歌舞劇版重編本），台北：秀威資訊科技，二〇一一年十月。

《腳色》（重編本、收入《腳色》、《一碗涼粥》、《獅子》、《蒼蠅與蚊子》、《弱者》、《野鵓鴿》、《朝聖者》、《在大蟒的肚裡》、《進城》九劇），台北：秀威資訊科技，二〇一一年十一月。

四、散文創作

《在樹林裏放風箏》，台北：爾雅出版社，一九八六年九月。
《墨西哥憶往》，台北：圓神出版社，一九八七年八月。
《墨西哥憶往》，香港：盲人協會，一九八八年（盲人點字書及錄音帶）。
《大陸啊！我的困惑》，台北：聯經出版公司，一九八八年七月。
《愛的學習》（《在樹林裡放風箏》新版），台南：文化生活新知出版社，一九九一年三月。
《馬森作品選集》，台南：台南市立文化中心，一九九五年四月。
《追尋時光的根》，台北：九歌出版社，一九九九年五月。
《東亞的泥土與歐洲的天空》，台北：聯合文學出版社，二〇〇六年九月。
《維城四紀》，台北：聯合文學出版社，二〇〇七年三月。
《旅者的心情》，上海：上海人民出版社，二〇〇九年一月。
《漫步星雲間》（《愛的學習》新版），台北：秀威資訊科技，二〇一一年四月。
《大陸啊！我的困惑》，台北：秀威資訊科技，二〇一一年四月。

《台灣啊！我的困惑》，台北：秀威資訊科技，二〇一一年五月。

五、翻譯作品

馬森、熊好蘭合譯《當代最佳英文小說》導讀一（用筆名飛揚），台南：文化生活新知出版社，一九九一年七月。

馬森、熊好蘭合譯《當代最佳英文小說》導讀二（用筆名飛揚），台南：文化生活新知出版社，一九九一年十月。

《小王子》（原著：法國•聖德士修百里，譯者用筆名飛揚），台南：文化生活新知出版社，一九九一年十二月。

《小王子》，台北：聯合文學出版社，二〇〇〇年十一月。

六、編選作品

《七十三年短篇小說選》，台北：爾雅出版社，一九八五年四月。

《樹與女——當代世界短篇小說選（第三集）》，台北：爾雅出版社，一九八八年十一月。

馬森、趙毅衡合編《潮來的時候——台灣及海外作家新潮小說選》，台南：文化生活新知出版社，一九九二年九月。

馬森、趙毅衡合編《弄潮兒——中國大陸作家新潮小說選》，台南：文化生活新知出版社，一九九二年九月。

馬森主編，「現當代名家作品精選」系列（包括胡適、魯迅、郁達夫、周作人、茅盾、丁西林、沈從文、徐志摩、丁玲、老舍、林海音、朱西甯、陳若曦、洛夫等的選集），台北：駱駝出版社，一九九八年六月。

馬森主編《中華現代文學大系一九八九—二〇〇三・小說卷》，台北：九歌出版社，二〇〇三年十月。

七、外文著作

1963 *L'Industrie cinémathographique chinoise après la sconde guèrre mondiale*（論文）,Institut des Hautes Études Cinémathographiques, Paris.

1965 "Évolution des caractères chinois", *Sang Neuf*（Les Cahiers de l'École

Alsacienne, Paris）, No.11,pp.21-24.

1968 “Lu Xun, iniciador de la literatura china moderna” ,*Estudio Orientales*, El Colegio de Mexico, Vol.III,No.3,pp.255-274.

1970 “Mao Tse-tung y la literatura:teoria y practica” , *Estudios Orientales*, Vol. V,No.1,pp.20-37.

1971 “La literatura china moderna y la revolucion” , *Revista de Universitad de Mexico*, Vol.XXVI, No.1, pp.15-24.

“Problems in Teaching Chinese at El Colegio de Mexico” , *Journal of the Chinese Language Teachers Association in North America*, Vol.VI, No.1, pp.23-29.

La casa de los Liu y otros cuentos（老舍短篇小說西譯選編），El Colegio de Mexico, Mexico, 125p.

1977 *The Rural People's Commune 1958-65: A Model of Social and Economic Development* (Dissertation of Ph.D. of Philosophy at University of British Columbia, Canada).

1979 “Water Conservancy of the Gufengtai People's Commune in Shandong” (25-28 May , The Annual Conference of Association for Asian Studies).

1981 “Kuo-ch’ing Tu: *Li Ho* (Twayne’s World Series), Boston, Twayne Publishers, 1979”, *Bulletin of SOAS*, University of London, Vol. XLIV, Part 3, pp.617-618.

“*The Drowning of an Old Cat and Other Stories*, by Hwang Chun-ming (translated by Howard Goldblartt), Bloomington, Indiana University Press,1980”, *The China Quarterly*, 88, Dec., pp.707-08.

1982 “Jeanette L. Faurot (ed.): *Chinese fiction from Taiwan: Critical Perspectives*, Bloomington: Indiana University Press, 1980”, *Bulletin of the SOAS*, Unversity of London, Vol. XLV, Part 2, pp.383-384.

“Martine Vellette-Hémery: *Yuan Hongdao (1568-1610): théorie et pratique littéraires*,Paris, Collège de France, Institut des Hautes Études Chinoises, 1982”, *Bulletin of the SOAS*, Unversity of London, Vol. XLV, Part 2, p.385.

1983 “Nancy Ing (ed.): *Winter Plum: Contemporary Chinese Fiction*, Taipei, Chinese Nationals Center,1982”, *The China Quarterly*, pp.584-585.

1986 “*Contemporary Chinese Literature: An Anthology of Post-Mao Fiction and Poetry*, edited with an Introduction by Michael S. Duke for the Bulletin of Concerned Asian

Scholars, New York and London, M. E. Sharpe Inc., 1985", *The China Quarterly*, pp.51-53.

1987 "L'Ane du père Wang" , *Aujourd'hui la Chine*, No.44, pp.54-56.

1988 "Duanmu Hongliang: *The Sea of Earth*, Shanghai, Shenghuo shudian, 1938", *A Selective Guide to Chinese Literature 1900-1949*, Vol.1 The Novel, edited by Milena Dolezelova-Velingerova, E. J. Brill, Leiden. New York, København Köln, pp.73-74.

"Li Jieren: *Ripples on Dead Water*, Shanghai, Zhong hua shuju, 1936", *A Selective Guide to Chinese Literature 1900-1949*, Vol.1, The Novel, edited by Milena Dolezelova-Velingerova, E. J. Brill, Leiden. New York, København Köln, pp.116-118.

"Li Jieren: *The Great Wave*, Shanghai, Zhong hua shuju, 1937", *A Selective Guide to Chinese Literature 1900-1949*, Vol.1, The Novel, edited by Milena Dolezelova-Velingerova, E. J. Brill, Leiden. New York, København Köln, pp.118-121.

"Li Jieren: *The Good Family*, Shanghai, Zhonghua shuju, 1947", *A Selective Guide to Chinese Literature 1900-1949*, Vol.2, The Short Story, edited by Zbigniew Slupski, E. J. Brill, Leiden. New York, København Köln, pp.99-101.

"Shi Tuo: *Sketches Gathered at My Native Place*, Shanghai, Wenhua shenghuo chu banshee, 1937", *A Selective Guide to Chinese Literature 1900-1949*, Vol.2, The Short Story, edited by Zbigniew Slupski, E. J. Brill, Leiden. New York, København Köln, pp.178-181.

"Wang Luyan: *Selected Works by Wang Luyan*, Shanghai, Wanxiang shuwu, 1936", *A Selective Guide to Chinese Literature 1900-1949*, Vol.2, The Short Story, edited by Zbigniew Slupski, E. J. Brill, Leiden. New York, København Köln, pp.190-192.

1989 "Father Wang's Donkey"（translated by Michael Bullock）, *PRISM International*, Canada, Vol.27, No.2, pp.8-12.

"The Theatre of the Absurd in Mainland China: Gao Xingjian's *The Bus Stop*", *Issues & Studies*, National Chengchi University, Vol.25, No.8, pp.138-148.

1990 "The Celestial Fish"（translated by Michael Bullock）, *PRISM International*, Canada, January 1990, Vol.28, No.2, pp.34-38.

"The Anguish of a Red Rose"（translated by Michael Bullock）, *MATRIX*（Toronto, Canada）, Fall 1990, No.32, pp.44-48.

"Cao Yu: *Metamorphosis*, Chongqing, Wenhua shenghuo chubanshe, 1941", *A Selective Guide to Chinese Literature 1900-1949*, Vol.4, The Drama, edited by Bernd

Eberstein, E. J. Brill, Leiden. New York, København Köln, pp.63-65.

"Lao She and Song Zhidi: *The Nation Above All*, Shanghai Xinfeng chubanshe, 1945",*A Selective Guide to Chinese Literature 1900-1949*, Vol.4, The Drama, edited by Bernd Eberstein, E. J. Brill, Leiden. New York, København Köln, pp.164-167.

"Yuan Jun: *The Model Teacher for Ten Thousand Generations*, Shanghai, Wenhua shenghuo chubanshe, 1945", *A Selective Guide to Chinese Literature 1900-1949*, Vol.4, The Drama, edited by Bernd Eberstein, E. J. Brill, Leiden. New York, København Köln, pp.323-326.

1991 "The Theatre of the Absurd in Mainland China: Kao Hsing-chien's *The Bus Stop*" in Bih-jaw Lin（ed.）, *Post-Mao Sociopolitical Changes in Mainland China: The Literary Perspective*, Institute of International Relations, National Chengchi University, Taipei, pp.139-148.

"Thought on the Current Literary Scene", *Rendition*（A Chinese-English Translation Magazine）, Nos.35 & 36, Spring & Autumn 1991, pp.290-293.

1997 *Flower and Sword* (Play translated by David E. Pollard) in Martha P.Y. Cheung & C.C. Lai (ed.), *Contemporary Chinese Drama*, Hong Kong, Oxford University Press, pp.353-374.

2001 "The Theatre of the Absurd in China: Gao Xingjian's *Bus-Stop*" in Kwok-kan Tam (ed.), *Soul of Chaos: Critical Perspectives on Gao Xingjian*, Hong Kong, The Chinese University Press, pp.77-88.

2006 二月，《中國現代演劇》（《中國現代戲劇的兩度西潮》韓文版，姜啟哲譯），首爾。

八、有關馬森著作（單篇論文不列）

龔鵬程主編：《閱讀馬森——馬森作品學術研討會論文集》，台北：聯合文學，二〇〇三年十月。

石光生著：《馬森》（資深戲劇家叢書），台北：行政院文化建設委員會，二〇〇四年十二月。

語言文學類　PG0720

墨西哥憶往

作　　者 / 馬　森
主　　編 / 楊宗翰
責任編輯 / 孫偉迪
圖文排版 / 姚宜婷
封面設計 / 陳佩蓉

發 行 人 / 宋政坤
法律顧問 / 毛國樑　律師
印製出版 / 秀威資訊科技股份有限公司
114台北市內湖區瑞光路76巷65號1樓
電話：+886-2-2796-3638　傳真：+886-2-2796-1377
http://www.showwe.com.tw
劃撥帳號 / 19563868　戶名：秀威資訊科技股份有限公司
讀者服務信箱：service@showwe.com.tw
展售門市 / 國家書店（松江門市）
104台北市中山區松江路209號1樓
電話：+886-2-2518-0207　傳真：+886-2-2518-0778
網路訂購 / 秀威網路書店：http://www.bodbooks.com.tw
國家網路書店：http://www.govbooks.com.tw
圖書經銷 / 紅螞蟻圖書有限公司
114台北市內湖區舊宗路二段121巷28、32號4樓
電話：+886-2-2795-3656　傳真：+886-2-2795-4100

2012年3月BOD一版
定價：250元

國家圖書館出版品預行編目

墨西哥憶往 / 馬森著. -- 一版. -- 臺北市 : 秀威資訊科技, 2012. 03

面； 公分. --（語言文學類 ; PG0720）

BOD版

ISBN 978-986-221-921-8（平裝）

855 101000762

讀者回函卡

感謝您購買本書，為提升服務品質，請填妥以下資料，將讀者回函卡直接寄回或傳真本公司，收到您的寶貴意見後，我們會收藏記錄及檢討，謝謝！如您需要了解本公司最新出版書目、購書優惠或企劃活動，歡迎您上網查詢或下載相關資料：http:// www.showwe.com.tw

您購買的書名：____________________

出生日期：________年________月________日

學歷：□高中（含）以下　□大專　□研究所（含）以上

職業：□製造業　□金融業　□資訊業　□軍警　□傳播業　□自由業

□服務業　□公務員　□教職　□學生　□家管　□其它____

購書地點：□網路書店　□實體書店　□書展　□郵購　□贈閱　□其他

您從何得知本書的消息？

□網路書店　□實體書店　□網路搜尋　□電子報　□書訊　□雜誌

□傳播媒體　□親友推薦　□網站推薦　□部落格　□其他________

您對本書的評價：（請填代號　1.非常滿意　2.滿意　3.尚可　4.再改進）

封面設計____　版面編排____　內容____　文／譯筆____　價格____

讀完書後您覺得：

□很有收穫　□有收穫　□收穫不多　□沒收穫

對我們的建議：____________________

____

____

____

請貼
郵票

11466
台北市内湖區瑞光路 76 巷 65 號 1 樓
秀威資訊科技股份有限公司 收
BOD 數位出版事業部

（請沿線對折寄回，謝謝！）

姓　名：____________　年齡：________　性別：□女　□男

郵遞區號：□□□□□

地　址：____________________

聯絡電話：(日) ____________ (夜) ____________

E-mail：____________________